乡愁文丛　王剑冰　主编

北国的安逸

张　炜　著

中原出版传媒集团
中原传媒股份公司

大象出版社
·郑州·

图书在版编目(CIP)数据

北国的安逸 / 张炜著.— 2 版.— 郑州 : 大象出
版社, 2017. 9 (2018. 3 重印)
(乡愁文丛 / 王剑冰主编)
ISBN 978-7-5347-9512-1

Ⅰ. ①北… Ⅱ. ①张… Ⅲ. ①散文集—中国—当代
Ⅳ. ①I267

中国版本图书馆 CIP 数据核字(2017)第 220092 号

乡愁文丛

王剑冰 主编

北国的安逸

BEIGUO DE ANYI

张 炜 著

出 版 人 王刘纯
策 划 王刘纯
责任编辑 李建平
责任校对 安德华 李婧慧
装帧设计 王莉娟

出版发行 大象出版社(郑州市开元路 16 号 邮政编码 450044)
发行科 0371-63863551 总编室 0371-65597936
网 址 www.daxiang.cn
印 刷 洛阳和众印刷有限公司
经 销 各地新华书店经销
开 本 787mm×1092mm 1/16
印 张 15.5
字 数 151 千字
版 次 2017 年 9 月第 2 版 2018 年 3 月第 2 次印刷
定 价 33.00 元

若发现印、装质量问题,影响阅读,请与承印厂联系调换。
印厂地址 洛阳市高新区丰华路三号
邮政编码 471003 电话 0379-64606268

找得到灵魂家园，记得住美丽乡愁

——“乡愁文丛”总序

王剑冰

我们强调保护中国的传统文化，而传统文化当中就有乡愁。乡愁是中国人热爱家乡、牵念故里的独特情结，是一种美好自然的文化观念。社会越是变化、越是浮躁，这种情结就越显珍贵。乡愁也是一种寻根意识，记住乡愁，记住美好的童年，记住美好的向往，也便是铭记我们的根本。

我们每个人都是故乡的一片叶子，这片叶子无论飘落多远，都无法摆脱大树对于叶子的意义。一个人的身上总有着故乡的脉络，流着故乡的血，带着永远不可改变的DNA。一个个的人也可以说是一个个村子的化身，他们走出去，分散得到处都是，却不会把村子走失。

说起乡愁，那是一种与生俱在的情怀，住在心中的故乡常常鲜活在那里。故乡是安放你的灵魂、温暖你的寂冷的地方，是接纳你的疲惫、抚慰你的忧伤的地方。翻开一页页被繁忙弄乱的过往，记忆中的余香总在儿时的故乡。那里有我们最亲密的玩伴、最爱吃的食物、最漂亮的衣衫、最天真的憧憬。而芬芳入梦的，多是亲人亲切的面容与温馨的相聚场面。那些亲人或已故去，或还在乡里。现在多数人对故乡的感觉同对年节的感觉一样，那种热闹团圆、香气弥漫的味道是乡情中最重要的部分。“每逢佳节倍思亲”，所以归乡最多的时刻是年节，带着满满的怀想、满满的辛苦，万水千山相携于途，构成最为壮阔的乡愁景观。古往今来，人们因为各种缘由漂泊在外，但总是要找机会赶回故里。金圣叹曾列举“不亦快哉”之事，其一即是“久客得归，望见郭门，两岸童妇，皆作故乡之声”。然而他们的欢喜中又带着那种“近乡情更怯，不敢问来人”的复杂心理。漫长的时光已然流逝，乡愁的话题始终没有停息，情怀早已渗透于诗歌典章，直至后来，还有余光中、三毛、席慕蓉不约而同地同题《乡愁》。

诚然，远在故乡之外的游子，生发的多为眷念之情，即使老杜有“漫卷诗书喜欲狂”“便下襄阳向洛阳”的返乡之举，回到家乡也还是要再出去，因“莼鲈之思”而辞官归返的张季鹰毕竟是少数。还有，余光中的《乡愁》或代表了一些人对于故乡的认知，那就是故乡即是母亲（或双亲）的代名，对于故乡的怀念即是对于母亲的怀念，回故乡即是为了看母亲，母亲不在了，故乡的概念便模糊起来。随着生活的变化，有人也不可避免地遇到了回乡的矛盾，记忆与现实发生了冲突，那种期待值与仪式感渐渐折损，许多美好已然变成了永久的追忆。所以有人会说：“我是真的爱家乡，不过爱的可能是记忆里的家乡。”确实，没有一成不变的事物，这是时间所带来的不可逆转的事实。然而不可逆转的还有那份强烈的牵绊，永恒的顾念并未因此而中辍，情感的执拗还是同那些疏离与怨怼扯断了关联。生生不息地以文字表达出来的乡愁，也成为中国文学中一个特有的传统。

作家们大都已离开生养自己的故土，但我们却能看出那种深深的乡愁情结，这其中有写生养自己的故乡的，也有写生活过的第二、第三故乡的，还有赞美如故知的他乡的。文丛中，地域山水皆有代表，民俗风情各具特色，多方位地展现出人与历史、人与环境的关系，彰显对亲人故土的真挚情怀以及对世态人生的深切感慨，给我们带来亲近，带来回味，带来启迪，让我们感受到温馨而深挚、苍郁而辽阔的文字力量。

我们说，在意乡俗年节，提倡尊崇温情，爱护碧水蓝天，留住美好记忆，是和谐社会建设的内容之一，也是复兴民族文化的核心之一。这样会把我们赖以生存的环境保护和建设得愈加贴近期待与理想，也会使我们愈加容易找得到灵魂家园，记得住美丽乡愁。大象出版社倾心打造这样一套阵容壮观的“乡愁文丛”，就是带有这样的初衷。该文丛是具有欣赏性、研究性、珍藏性的文学工程，也是一种文化的记忆与期望。“故乡今夜思千里，霜鬓明朝又一年。”随着时间的挥手远去，这种记忆与期望会愈加显现出它的意义。

2017 年初春

目 录

秋 夜 四 章

一

我曾经是、现在依然是这样痴迷于这条河。它牵动着我的全部思绪，是我的向往，我的动力，我倾诉的源头……

芦青河在胶东西北部小平原上。我在河边，在这个可爱的地方生活了十余年。后来我就离开了，到山区，到城市……再也没有遇到比那儿更好的地方——我是指那儿的美丽自然。芦青河穿过小平原注入渤海，河两岸有平展展的原野，有密匝匝的林子。大约因为河水的滋润，一切都长得那么茂盛——还记得那一片片丛林、稼禾，浓绿浓绿，真正是苍翠欲滴！除了一些特殊的年头，这儿极少有歉收的时候，人勤劳，土地也太肥沃了。总之，河两岸出奇地美丽，也出奇地富庶。

我一个人生活在外面，常常思念母亲，思念故地。思念故地和思念母亲的心情是一样的。我是带着深深的思念，拿起了一支笔。我爱小平原，爱海，爱芦青河，爱密匝匝的林子。这片土地给予我的，将让我永远感激。

我厌恶嘈杂、肮脏、黑暗，就抒写宁静、美好、光明；我仇恨龌龊、阴险、卑劣，就赞颂纯洁、善良、崇高。我描写着芦青河两岸的那种古朴和宁静，心中却从来没有宁静过。比起美丽的自然，这儿的人应该更好一些。我常常想：世界上如果全是善良正直的人多好啊！生活在前进，有好多伟大的目的，其中之一，就是不断剔除那些丑恶的灵魂。我痛恨那些工于心计、使用各种手段骗取利益的人；当我在生活中产生一些卑微的念头时，我会同样瞧不起自己……

我深深地爱着河边上那些心地光明、美好、坦荡无私的年轻人。我羡慕他们。他们是我的理想和向往。我寄希望于他们，以抵御心头的沉重。“人类”在我眼里应该是这样：女的，没有一个不是伶俐秀气；男的，没有一个不是英俊端庄！他们都身心健康，挺拔向上，不由你不去爱慕，不去讴歌。那时将有一种力量驱使你，让你把他们从一个褊狭之地介绍到更广大的世界里去。我十分痛恨自己软弱的笔力！我总是羞于回头，不敢细看已写下的文字，它们是如此的软弱、笨拙和幼稚……

我的创作之路大约还很漫长，但我现在首先想到的还不是创作。我在想怎样认真地、好好地生活下去，怎样永远和人民站在一起——如果这样做了，就什么都有了。

现在主要是感激，再也没有什么比一种感激的心情更能帮助我、支持我的了。我感激什么？

感激很多很多，但我说不出。

1982 年 10 月 15 日

二

从写第一篇作品到现在，转眼已过了十多年。十多年来，我在文学之路上艰难地行走，其中有很多欢愉，也有很多焦虑。

我现在觉得，人活得真累。每天要做好多事情，也要为好多事情担心。我们面前的道路那么遥远，那么多弯曲和坎坷……我思索着，一边用笔记录着身边的生活，记录着我所能看到和想到的小小世界。

我曾经天真地想象着一种愉快的日子，一些很好的人，满怀深情地回忆童年的事情。我记得最清晰的就是芦青河，这条故地的河流，使人浑身灼热的河流。雨天、雪天，渔人、小船。河上独木桥，用最老的柳木做成，滑腻腻、湿漉漉。大雪蒙住河水，河冰又被水流击碎……但这毕竟是记忆，童年的记忆。童年还进入不了另一种生活，还无法理解成人们为生存而投入的搏斗。

我仍然在写芦青河，但我现在很少写童年的河了。我加入了成人的行列，用成人的眼光去看河水和小桥了。我要告诉我的朋友：那里的人告别了一种生活，开始了另一种生活。可他们远远不是在欢笑、在幸福，因为我知道那片土地已经有了太多的痛苦，并且这些痛苦今天已经难以根除。生活像一驾满载的马车行驶在泥泞的道路上，前进是前进了，可是留下了多么深的辙印！两个轮子有时简直像犁，翻开了地上的泥巴，露出了又一层新土。车轮在呻吟，辐条在颤动，一路就这样移动下去。那些难言的痛苦和磨难啊，他们向谁诉说？他们如何呻吟？

记下辙印，捧起泥巴，倾听颤动的辐条和车轮的呻吟，是因为太爱了——无望而无边的爱啊！

人们生活下去，永不妥协。活着很累，但大家从来也没有像今天这样活过，而且要活得有力量，活得充满信心。

就是这样一代一代、一天一天地迎送日月。

1984 年 8 月 10 日

三

在墨一样的夜色里，我的思绪游荡不息。在橘红色的灯光下，我的笔挥动不止。远处的山色淹没，星光隐去。这又是一个长夜，一个很美的、很内向的夜。这样的夜晚无声无响，只有露珠在草尖上凝聚。

像是在写一封长信——它没有地址，没有规定的里程，只有遥远的投递、叩问和寻找。给远方的人，远方的心灵。他们在这个夜晚，在山的那一边，向我注视。他们目光的重量压迫着我，让我的呼吸变得轻轻的。我把一声声问候藏在了心里。啊，山的那一边，海的那一边，你们的目光；还有，云后的星光，一齐闪烁的眸子……

没有缘故的留恋与盼望，思念，焦渴，等待。你在十年或百年之后看到这片文字，会若有所思、会怦然心动吗？时光的奥秘、心的奥秘、生命的奥秘，它们堆积着，诱惑着。

秋天的落叶刚刚飘下一片。这夜色温温的，掬得起如同静水。沉浸着，任它漫流。

1985 年 9 月 19 日

四

当拿起笔来时，又一次觉得无言。因为滔滔不息的激流已经洗去了涌来荡去的话语，词汇如屑，飞溅了，无有踪影了。我将如何诉说，如何询问和回答？我的千头万绪的牵挂和迟来早去的觉悟啊，我将如何诉说？十年前我曾说过：

每个人都有他自己的生活，各式各样的生活；每个人都不同程度地探索了生活的意义。意义在哪里？意义在于生活着，或者是生活过。我的笔写下了字，我的眼睛看到了，再告诉自己的心灵。心灵因此而愉快起来，我就再写下去。这是一个美丽的圆圈。无数的看不见的圆圈在旋转，无数的运动世界。每个世界都有它自己的秘密，鲜为人知。渴望了解，渴望融化秘密，是人人都有的一种欲望。小心不知大心，小年不及大年。写成一本书，让它到人海里去碰撞，如此而已。我的意愿就包含了我的全部希望。人还年轻，可是生活老了；生活正年轻，可是人却老了——我们就是这样尴尬。但活着就要好好劳动，好好过日子，这恐怕是没有异议的……

而今天我将说：

我是不息的春水，我是不倦的浪花；我是每年都融化的冰，是适时而至的讯息、风和潮涌。我是明天，是再生和永生，是永远，是泥土和大漠，是滋生和常绿……

我是声音。

1986 年 11 月

大自然使我们真正地激动

有一个时期，我一直以为一个作家的才华主要表现在对自然景物的描绘上——这当然有些可笑。那是我的误解，夹杂了某些偏执。不过，总会有一些更深刻一点的道理与其联结在一起，我说不明白。

比如那些能够准确而细微地描述大自然，特别敏感地领会自然界的暗示和启迪的人，显然是些特殊的生命，是作家队伍中最优秀的一类——往往如此。人与大自然的情感应该是朴素的，天然生发的，没有任何的难为情，没有任何的牵强。但实际恰恰相反。

一方面我们心灵干枯，感觉迟钝，面对鲜活的、生机勃勃的、千姿百态的世界表现得麻木不仁；另一方面我们又往往吐露一些虚伪的、空泛的情感，表现出一种矫情。大自然并没有使我们真正地激动，灵魂也没有战栗。那种做法看上去有点像附庸风雅。

诗人记录和倾诉他心中的一切。他站立在什么土地上、呼吸着什么空气、四周的颜色和气味，这对于他可太重要了。他与这个世界融为一体，血脉相通。他是它们的代言人，是它们的一个器官。通过这个器官，人类将听到很多至关重要的信息，听到一个最古老又最新鲜的话题，听到这个星球上神秘的声音。一个诗人如果不能与那一切相通相连，那么他就是可有可无的。他可以嗅到风、云、河流、树木、太阳等一切的气味，感到它们的脉动。他的喃喃叙说才是真正意义上的诗。他是一个彻底放松的四肢伸展的生命。

我们难以想象一个对那一切感觉迟钝的人，会对人间一切情愫感觉敏锐。他与众不同的，首先当然是极度的敏感性。自然界的一切都能引起他的喜悦或哀伤。这是人类智慧高度发展的结果。他受到了最有力、最痛苦的磨砺。凭借这些，他获取着常人难以捕捉的东西，并以他自己的方式消化着、传递着。他的歌有着无比的渗透力，往往在人们理性上还来不及排斥的时候，就进入到心灵中去了。

大自然作为世界的主要部分，可以说是独立的、绝对强大的。它当然有自己的秘密。探索它，有时是人类最伟大的事业之一。科学家的缜密思维替代不了诗人的感悟。每个生命都是渺小的，每个生命都会叽叽喳喳议论大自然。你会看到一个诗人的情绪怎样波动，这种波动与自然环境有怎样的联系，以及大自然又怎样熏陶和教诲了诗人。他对自然的理解，不可避免地表达了整个人类思维的一部分。他再独特、再有个性，也是一种人类思维。他的个性，正好表现了作为一个单个的人的价值。没有个性的思维是不存在的，愈有个性，就愈有整体上的意义。人类的自然观，总是通过单个的人来完成和发展的。

1984 年 6 月 5 日

山 路

上 篇

他十几岁就离开那个大都市，来到了半岛上的一个小山沟里。后来他一直想再回到繁华的出生地，但总也没有如愿。

小山沟的名字叫“泊子”，这是父亲的出生地。他回到了老家，成为一名“知识青年”。

其实他并没有多少知识，只是比当地人多出一副眼镜。为了这副眼镜，他吃了不少苦头。村里人很幽默，把眼镜叫成“驴捂眼”。农村人用驴子推磨，就一定要用驴捂眼（黑布之类）把驴眼挡住，驴子立即陷入了无边的黑暗。也许是要追赶光明吧，它用急促的步子走、走，一直走下去！

他慢慢明白，他是回不到那个都市去了。他大概一生都要走在崎岖的山路上。他学着推小车，屁股用力撅起，两腿过分地叉开来，头使劲地探向车轮上方像要去吻前边那道横木。可是他额上的青筋都暴起来了，豆大的汗珠在滴落，两腿颤抖，车子还没有挪动一尺远，就重重地摔倒了。他的目光透过两只近视镜片看去：前后左右，多少老乡在走这样的山路，他们之中，有青年、中年，也有白发苍苍的老人。

当时他长得瘦小孱弱，只有一对臂膀强壮一些。一个小小的、眼睛近视的男孩儿站在父亲的出生地，望着孕育了父辈的一架架大山，有些惊讶、迷惘。当时他已经读过了《约翰·克利斯朵夫》《马丁·伊登》之类的书，这会儿就自觉不自觉地模仿着主人公，举起两只略为强壮一些的臂膀，握起拳头，用力地往下一沉，那是表明某种决心的样子。他要反抗了，搏斗了。

在叔父和乡亲的帮助下，他盖了一座小屋。小屋盖得很结实，满是石头，以至于后来离开时，还卖了一个好价钱。他住在小屋里，像村里人一样，支起了一口生铁大锅。他想，要在这里住一辈子，首先必须过这第一道关口：吃地瓜干，一大碗一大碗地吃，长年累月地吃！他果真煮了满满一大锅，一碗一碗地吃起来。吃到最后，地瓜干已经变黑了。

他慢慢长高了，两条腿也变粗了，走在山路上，可以不歇气爬两个陡坡。这完全要归功于铁锅里的地瓜干，归功于这种淀粉含量十分丰富的山乡主食。他这样真有点像山区汉子，没事的时候倚在自家小屋的门框上，懒洋洋地晒着太阳，心不在焉地唱着一首歌……母亲从城里捎来的衣服又被山棘子划破了，他懒得去缝，想买件新的，又没有钱。

他决心养长毛兔。一只兔子一次剪毛可以卖五六元钱，一年大约可剪十次，那就能卖五六十元；而二百只兔子就可以卖一万多元，逻辑思维从来缜密的他被自己推算出的巨大数字惊呆了！他想，年纪轻轻养二百只兔子有什么难，干脆找来三五好友帮忙垒兔窝。他的伙伴一边垒，他一边讲自己的计划，后来满村里都传遍了一条不乏嘲笑意味的“新歇后语”：“眼镜养兔子，一年一万块！”他依然故我，购买公兔母兔，准备捆兔草的绳子。他默念着那句熟稔的名言：走自己的路，让别人说去！

可恨的是兔子不服从逻辑推理，它们并没有按照“一年取毛十次，换钱近百”的公式生产下去，一次暴雨，冲毁了泥垒的兔窝，几十只兔子一齐冲向了大雨滂沱的原野。他奔跑在雨中，在瓜地、在花生棵里、在蓖麻林里，捕捉兔子。他扑下去，兔子四蹄一蹬疾驰而去。最后他带着一身稀泥和数不清的兔毛，提着仅仅捕到的几只兔子，回他的小石屋了。

外面，下着暴雨。闪电那么亮，有些吓人。他一声不吭地盘腿坐在炕上，任泥水流下来，染黑了席子和铺盖。几只兔子瞪着红色的眼睛，徘徊在他的身边。兔子雪白的毛已被泥水拧成一撮一撮，黑黑的，又脏又丑。他却并不嫌弃它们。他一只一只掂过了，又放下。他用手指当梳子，梳理着它们的毛。他哭了。

闪电不停地划亮，雷声震动着窗纸。他看着窗外雨水击打的一片原野，又慢慢地将两臂举起来，举起来，然后往下用力一沉。

他开始写小说和散文了，并且一开始就十分自信。他养兔子失败了，这期间也莳过葱苗卖，还做过一段“赤脚医生”，结果都失败了。他的眼镜是永远摘不掉了，走在山路上，深一脚浅一脚，必然要跌沉重的跤子。他咬着牙关，握起了笔。我不敢说他写作是为了表现自己和山里人的生活，我只能说他是为了改变自己的生活。然而在若干年之后，当他在另一条山路上攀登不止的时候，他显然感到了一支笔的分量，感到了责任和使命；他攀登，上了一个陡坡又一个陡坡，终于可以俯视他生活过的整个山峦了，清晰地看那山，那炊烟，那重重叠叠的小石屋了。这是后话。

他当时用糊窗纸写东西，写了几大本，字迹密密麻麻，如果在今天可以铅印出来，起码能做个万元户。可惜那是个不讲钱的年代，他只将稿子送到了公社党委。满纸荒唐言，一掬辛酸泪，这些破本本写了些什么东西！公社干部一怒，把他的作品推开老远。

他没有恼怒，抱着稿子走出，只是长长地叹了一口气，将空闲着的一只臂举起，往下一沉。

他又将稿子送到了县委报道组、宣传部……最后送到了文化馆。

“文化馆真是个好地方！”他多少年后还这样感叹。文化馆的一个干部独具慧眼，耐心看过几卷破纸之后，皱着眉头笑了。不久，他就被借调到了县文化馆。他开始用铝制饭盒到食堂里打饭了，一路上用小铁勺敲出“叮叮当当”的声音。文化馆的日子，他一辈子也不会忘记。

眼镜在泊子是不受欢迎的，然而在文化馆的大院里、在县城，却给他增添了另一种风采。他手扶眼镜，侃侃而谈，可以不歇气背诵百首诗词。他不断将稿子送给朋友、老师看，寄到报刊编辑部。虽然几乎没有发表，但一卷卷稿纸带有一种青春勃发的锐气，也给人留下了难忘的印象。后来，他终于在一家报纸发表了散文，一篇小故事也在地区编的一本集子上印出来了。不久，地区话剧团调他当了编辑。在剧团的日子里，他大概并未写出什么剧本来，只是在寂寞时请求导演安排演过一个不重要的角色。后来，他就被转调到地区文化馆了。

我比他小两岁，当时正在一个海边小屋里写东西。我描写着丛林和果园，也有些着迷，不知道还有另一个人。可是他从一个朋友手里看了我写的一部长篇草稿，竟激动得不能自已，急匆匆坐车找我来了。他说：“他是怎样一个人呢？我一定要找到他！”

我们第一次长谈是在县委招待所的一扇大铁门后面，当时我们都不足二十岁。我们相视而笑，紧紧地握着手……这天我们谈了很多很多，过去的生活，未来的向往，坎坷的经历。我渐渐明白我们有着很大的性格上的差别，然而我们挚爱文学的程度却是一样的。

他走后，我还清晰地记得他中等个子，黑框眼镜，常要举起又沉下的手臂。我记得当时的印象：一双细小的眼睛在镜片后边瞄着你，闪出狡黠的光；可是仔细些看又会发现，这不仅“狡黠”，还有一种“幽默”。而幽默是用不着提防的，于是我们成了朋友。

我们常常通信，有时也相聚，彻夜长谈。他谈起在话剧团的那次演出，至今还留在我的脑海里：导演让他和几个男青年演一小队匪兵，只需从场子上走一下。“太可惜了，好不容易演一次戏，只能在舞台上走走过场……我实在舍不得，等小队伍快要退出舞台时，我忍不住回头做了个鬼脸。观众‘哗’地大笑了，他们一定会记住这个‘匪兵’。”他这样说。

导演已经做了这样的安排，他在舞台上也就注定了是个不被人注意的小角色。然而他认为自己恋恋不舍地回头做了个鬼脸，情况也就为之改观。

1978 年我考入烟师中文系。到那时为止，我几乎没有发表过什么东西。他也做得十分吃力，已经像我一样，失败了上百万字。在文学之路上，他又像攀在泊子的山路上一样了，额上暴起青筋，豆大的汗珠往下滴落。有一天我去地区文化馆找他，见他一手插在蓬乱的头发里，口中念念有词，在背地理书。他说：“我也要考烟师！”结果他真的考上了。我们在一个系，彼此都松了一口气。

我们还在不停地写小说。他和我比赛背外语单词，速度差不多；可是我忘得也快，这很使他痛快了一阵子。他想当作家，又想考研究生。他在灯下读《马克思主义美学原理》，用手拍打着书的封面对我说：“似乎懂了，还是不懂，真难懂啊！”

学校放假他要回那个大都市。他说要将写下的稿子给那儿的刊物看看。我虽然没有和他一起去，但我可以想象得出他手里拎着装满稿子的提包，拎着希望，蹒跚在马路上的样子。那时，他脑海中会偶尔闪过泊子重重叠叠的山峦吗？会想起那口乌黑的生铁大锅吗？他会想起枯死的葱苗、红眼睛的兔子，想起那条崎岖的有着一个个陡坡的老家的山路吗？

我毕业了，分配到千里之外的泉城工作，而他还要读完最后一个学年。不久，他在那个大都市的一家刊物上接连发表了三个短篇小说。

朋友们被震动了。因为他写出了一个老人：迈着又短又壮的双腿，轻轻抖动着手指变形的巴掌，逼视着儿子走来了！通篇写得那么深邃沉重，好似一方青黑石，重重地抛在地上，砸出了一个深坑。

继这三个短篇之后，他又发表了十几篇小说和散文。更多的读者结识了他。

他是从那条山路上滴着汗水走过来的，作为他的朋友，我太知道他付出过怎样的代价了。他在艰苦的生活中滚过，有着深重的苦难感。他抓紧一切时间，读过大量文学理论书籍，入学后，又系统地攻读了两年中文课程，他的文学准备比较充分了。

他不是带着先天的才华走上文坛的，而是倚仗后天的准备开始创作的。他似乎没有多少才情，作品写得太实；有的还嫌外露，时常有概念化的东西损害形象。但这一切，都被他另一种长处弥补了。这就是敏捷的思维，对生活巨大的热情，撞击现实生活的极其可贵的勇气！这些，是远比才情可贵得多的。

他太聪明、太敏捷！但作为一个作家，我总觉得他还缺一点在迷茫中苦苦探求的又赤诚又痴迷的精神。明快有余，蕴藉不足。他的血管里应该流动着两种血液：山里人的笨重有力、执拗坚韧和市民的智慧聪颖、勇于创新。在性格上，他具有别人所没有的优势。养兔子，要养百只；做赤脚医生，发誓两年要攻克癌症！那么写作呢？……他头脑中时常涌出一些让人惊讶的念头，不止一次悄声对我说着，像传达一个隐秘：“我是个天才呢！我不久的将来会是个大师级的人物……”这些念头成功与否是另一回事，但愿它始终会像星月一样悬在空中，辉映着他攀登的道路！

山路，漫长的、险峻的山路！愿我的朋友成功！

1984 年 2 月 5 日

下　篇

时光一晃，距离我写“上篇”的时间已有了十年。在 1994 年春天的一个早晨，省作家协会正在一个军队招待所的大厅里举行五年一次的换届大会。他兴高采烈地坐在大厅第一排。这一次要选举新的主席、副主席。

因为他的突然出现，他的归来，我有说不出的惊喜。我赶紧告诉他房间号码，邀请他。

然而他在会上太忙了，终于没有来；我找了他两次，都不在。会议刚结束他就不辞而别。非常可惜，我们许久没有见面了！

我对他在异常繁忙之中能抽出时间从遥远的南方坐飞机来赶这样一个会，有些费解。后来，大约是几个月之后，他所在的那个地区也召开文联换届大会，他同样从南方匆匆赶回，也坐在前排……

其实他已经许多年不再写东西了。自从市场经济复苏，越来越多的人弃文经商之后，他就告别了文坛。

他以超人的敏感率先投入，先后在那个小城里开过小卖部、发行部、肉铺，又着手搞馄饨摊、牛仔裤、服装厂……由小到大，后来闯到南方。

于是我们见面的机会就少了。我无论如何不能忘掉过去的岁月，忘不掉我们在文学之路上共同走过的坎坷。回忆中我不止一次展读了他留下来的作品。它们现在看有些粗糙，但也有力、有内容……整个的时代风气变了，文学及作家的世俗地位一落千丈，于是他就放弃了“文学大师”的念想，改为“亿万富翁”的企盼。

我在惋惜中还是真诚地祝愿他在商业上的成功。我仅仅为他的天资而祝愿。一个过分聪颖的人、生命力极强的人，往往是非常焦躁的。这种焦躁也许在某种较大的欲望满足之后才会消失。我期待着他成功之后的归来。

这种期待未免太长了。我忍不住去找他。他说自己再不能忍受以前的生活……

我没有反驳他。

时代啊，时代对人的催逼和教化啊。

不久后传来了关于他的各种消息：股票，赔与赚，官司，房产……

他偶尔对人说想念我。

有一次他来到了我在半岛的旅居地。在我有些简陋的住处，我们畅谈了两天一夜。那是令人激动的回忆。谈得多极了，话题芜杂，但主题始终围绕文学。

“你还记得我们在那个县城招待所大门后边吸烟、紧紧握手的情景吗？”

他点头。那时我十七岁，他十九岁。两个青少年，浑身炽热。特别令我难忘的是，当时我正读高中，几乎没有什么文学人士敢与我来往；而他读了我的作品后，竟激动不已地从遥远的小城赶来！

我是没法忘记那一幕。人是不能忘记昨天的。

我想，在挽留他、牵扯他回归文学的过程中，我已倾尽全力。我并不过分鄙视商人和商界。我只是说：在这个世界上，亿万富翁是数不胜数的；而写出人类的心灵、写出一个人的心灵长卷的，却永远不会太多。是的，精神不会死灭，而高贵的思想就尤其不会死灭……

我的身体当时已非常不好。我躺在床上坚持自己的观点。大约是午夜三点，他听了一部长篇的片段，沉默了。他吸着烟，吸了很久。他注视着窗外的黑色说：

“原来，文学在默默前进……”

就是这个夜晚，他做出了一个痛苦的决定：从明天开始，结束。他知道重新开始是困难的，因为心荒了。“再困难也要开始！”他说着举起两手，往上、往下，然后又是一沉。

我无比愉快，甚至是幸福。

第二天，无论我怎么劝留他都待不下，急急地登车走了。

几天之后我打电话。我急于知道他的状态。

没有人接。只得给朋友打电话，他们离他不远。朋友听了我的询问，叹气、苦笑：他已回到南方搞房地产去了，想重振旗鼓。我不信，我说他肯定是回去收摊子的。朋友反复强调并终于让我相信：他的确是搞生意去了。

……后来偶尔还能听到关于他的一些消息，模糊而矛盾。但他终于没有再写作品。

他现在爱说的一句话就是：“作家算个……”

……

没有那么多对话的机缘了，人人都忙。人生的山路啊。

“作家”不算什么，“作家”只是一个劳动者、艰辛的精神掘进工——当然，我这儿仅指真正的作家。

写到这儿写不下去了。我只想着让他归来……

1995 年 4 月 12 日

明天的笔

书籍让人不安分，让人沉静，让人幻想，让人痴迷地向往未知……我读了很多杂书，其中有不少文学作品，也有很多的“禁书”。在那个混乱的年头，我的中学生活过得并不愉快。但因为有了这些书，我心中常常充满了各种的憧憬和希望。

我用一支笔涂抹起来，写着自己的激动和感想、各种各样的梦幻。我于是懂得了没有的可以在编织中获得满足，希望可以平展展地鲜活蹦跳地摆放在纸上。我觉得这一切是那么有趣。我因为课余时间做着这些事情，就常常有一种难以言传的兴奋和感动。这种兴奋和感动是属于自己的，我想周围的伙伴大概是没有的吧。也许就因为这个，一种窃窃的、夹带着某种私心的骄傲与得意，在胸间鼓胀着。我不断地写，一个内在的、只有自己才明了和洞彻的、绚丽灿烂的世界不断扩大。它使我非常满足，使我在现实的时光里能够忍受了，使我得到了真正的补偿。这种活动进行了很久很久，一个概念才在心中明晰起来：这就是“写作”。

有时我脑子里也涌出一些扫兴的念头。因为那个年代里让人绝望的事情太多了，无论对于一个大人还是儿童，都足够残酷无情。我想我们毕业以后，都要各自忙自己的事情，要像大人们那样“过日子”了。我隐隐地感到，将来，只是不久的将来，一定会有什么来催逼我。到了这一天，我会扔掉笔杆——这当然是被迫的。生活可不轻松，它会逼迫我将今天钟爱的笔，扔到明天的一个角落里，让它在那儿静静地蒙上一层灰尘。这真可怕。

不过我不会甘心的。我想，明天，我也轻易不会告别这样一支笔。也许沉重的劳动会把我的手指磨得僵硬，但手中的笔却不会松脱到地上。我还这么年轻，生活才刚刚开始，明天一定会更多地使用手中的笔。

当然，我那时候完全知道用笔的危险性、它的艰难与不测。况且以笔为生的人在这个世界上毕竟是极少数。可我将来无论做什么都离不开笔啊。我可以用笔给朋友写信，和远方的人交谈我的痛苦与欢乐；我可以用笔写日记，记录我的生活；如果有谁严重危害了我们，也可以用笔去控告……或许日子真的要太累太累，再也没有时间去拾起它了。那时我的心将枯死。我不会甘心的，是的，人生来就要畅想、幻想、追逐一个又一个梦境。我将描绘出美丽而神奇的自然，寥寥数笔勾勒出一个栩栩如生的人来，那是多么好啊！那是多么重要啊！

就这样，我常常想象着明天的笔，结束了我的童年。

这种想象，给了我无限的激励。我在这特异的兴奋中迎送着日子，企盼和等待明天。明天像是没有尽头的。这支笔为了明天、寻找了明天，记录了明天之前的一刻。这支笔永远有明天在等待它——我的和别人的明天。这就使我懂得了一支笔有多么神圣。它重若千斤。它真沉。每一支笔都不过是在记录“明天”之前的一刻。

“明天”会证明它、考验它、鉴别它、质询它。这支笔既属于现在，更属于明天。

1985 年 4 月

童年三忆

没有围墙的学校

我不愿回忆中学生活。在那个动乱的年代里，留给我的不愉快的事情太多了。我写这篇短文的时候，好像又回到了当年的同学们中间。我在心里与他们交谈着：当年是这样的吧？我们的学校，还有我们自己，是这样的吧？

我们的中学坐落在胶东西北部的小平原上，那是胶东自然环境最优美的地方之一。我们的学校不像当时一般的校园那样围了高墙，又做了大铁门。她藏在一片果树林里。与果林相连的，是那无边的茂盛的乔木林。一幢幢整齐的校舍在园林深处，夏秋天里看去，只见一片葱绿，要是没有人指点，只怕还不知道这里面有所学校哩。林中的鸟儿很多，树下满是野生的白菊花。当时的人也不像现在这么多，很少有一群群的人拥到林子里干什么。林子安静、美丽、幽雅，我现在想起来，还真感谢那些选择校址的人。

校址可以选择，上中学的时代可不能选择。我开始做中学生的时候，正好是60年代末期。那时候社会上很乱，人们的日子都不很好过，林子边上村庄里的居民又闹起了派性，再老实的人也得不到安宁。有时人们从静谧的林边走过，竟然不由自主地想象起里面的生活来。他们往往想象得很美好。

其实，这所中学的教师和学生也忙成了一团糟。大家写大字报、开批判会，有时兴致来了，可以一连几天通宵不眠。林子边上静静的，林子深处却闹翻了天。

所有人都会写大字报，简直是无师自通。字越写越大，墨汁蘸得很浓，一句话的结尾，常常要使用三四个感叹号。开始是矛头向上，批判资产阶级，后来就在同学中找小“牛鬼蛇神”了。同学们出了教室，或者是在上学、放学的路上，不同班级的见了面，都皱着眉头问对方：“你们班找到了吗？”

夜晚，南风送来一阵阵苹果的香味儿，白菊花更是香极了。写大字报用的墨汁放得久了，摆在桌上很臭，大家还是一下一下地蘸着。我们做学生的写，老师也写。有的老师一张一张地翻看着学生写的大字报，看到满意的词句，比如，“狼子野心何其毒也”“反误了卿卿性命”等句子，一定要用红笔在下面画一道曲线。到后来我们也完全猜得出哪些句子将会被画上可爱的红线，就到处去寻找那些有趣的但是怎么也搞不明白的古怪句子和词了。有一次，有人竟然使用了“怪哉”这个词——这个词本身就够“怪哉”了！果然，没有一会儿工夫，它的下面就有了红线了。所有的同学都看着眼热。当然他也有羡慕别人的时候。有一次他在大字报上写出了这么一句：“岂非咄咄怪事！”另一些人一下子就给征服了。大字报上每出现一个新词新句，被批判的小“牛鬼蛇神”就哆嗦一下。这大约就是战斗性了。我们觉得“革命”和“造反”真有意思……我们大概是新中国成立以来写毛笔字最多的一些中学生了，也是毛笔字写得最糟糕的一些中学生！

我们的学校是一所联办中学，其中还包括小学。记得一个小学生在田野里玩，摘了几个果子、扒了几块红薯，学校就决定开他的批斗大会。他很小，还没有一张桌子高，脸色蜡黄。批斗会是必须呼口号的，呼口号的时候，他自己也跟着举起小小的拳头。校园里的大字报，这阵子几乎都对着他，黑板报上的插图文章，也是批判他的。他连哭也不敢哭了，只瞪圆了一双惊骇的眼睛，痴呆地望着那些他永远也不会理解、一多半儿字还不认识的大字报……这个小同学今天哪儿去了？他即便长成了一个魁梧的汉子，会忘得了那些铺天盖地的大字报，忘得了那个声嘶力竭的批斗会吗？我相信他心灵上还会带着当年创伤的疤痕。

除了搞批判，就是“学工、学农、学军”——我们学校离一座煤矿的矸石山不远，因此主要是“学工”。我们“学工”就是爬到山顶上，从废矸石里面掘小煤渣。雨天，雨水可以把亮晶晶的小煤渣冲出来，我们就得冒雨登山了。矸石里含有一种化学物质，常年燃烧，发出一股难闻的硫黄臭。在风雨天里，有时燃烧得更厉害，矸石山上整天浓烟滚滚。我们自觉这就是在闯一座火焰山，心里有着莫名其妙的激动和自豪——没有过不去的火焰山！大家不知在黑泥水里跌了多少次，各自提着个小篮子，里面都盛着一捧煤渣。大家把煤渣倒在山下的一块平场上，等着外地人来买。当时很多煤矿不出煤，这样的煤渣也成了好东西。

卖煤渣得了一些钱，学校用来买了高音喇叭。高音喇叭安在学校的一棵大树上，一天到晚放着几支相同的歌。有一段京戏的几句词儿妙极了：“提篮小卖拾煤渣……”这真是唱绝了。这不是唱我们“学工”吗？活生生地唱出了我们提着篮子拾煤渣的情景——它知道它是我们拾煤渣的钱买来的，所以就这样唱了，它可真是个够朋友的好东西。我们大笑着，明明知道自己的推论是错误的，却偏偏要那样想，并大声地应和着唱起来。除了用它听歌、学戏，还用它讲话。批判大会上发言，被它扩出来的声音，威武而雄壮，势不可当。把大字报对着麦克风一念，大字报的词句仿佛更完美无缺了，连我们自己都怀疑起来：这么好听的词儿，会是我们亲手写出来的吗？卖煤的钱除了买来一个大喇叭，还买来了一副篮球架。篮球架很漂亮，不组织一个过硬的球队是对不住它的。学校领导亲自挑选队员，条件是个子高、觉悟高、出身贫农。

那些日子里，我一个人偷偷摸摸地读了些有趣的书。我开始学着写些别的东西了，不求别的，只求有趣。我写了我们的果园、鸟儿、白菊花，也写了同学们的劳动。我有时也把文章送给信得过的老师看。老师看了我写的一篇文章，说好是好，不过怎么能用“漂亮”这个词呢？我听了挠挠头，真的，我写到一个拾煤渣的同学时，这样写道：她很漂亮……我的脸红了，立刻用笔把那两个字划去了。我从此认定这两个字是属于资产阶级的——直到后来，直到我走出校园很久很久以后，我才真正知道这两个字的含义：正好相反，它属于劳动着、创造着的健康的人们！

两年的中学生活一晃就过去了。在离别这个没有围墙的学校时，几乎所有同学都哭了。我也哭了。我们突然觉得我们的学校很美。令人遗憾的是我们大家在这么美好的校园里做了并不美好的事情。这很可惜。值得留恋的还有别的事情——接近毕业时上级分配来学校一个女教师，跟所有人都不一样，她唱啊，跳啊，不停地笑。她教同学们唱婉转的歌，还手持马鞭教大家跳“奔驰在草原上”的舞蹈……但我们终于毕业了。我们的中学生活并不有趣，可是有一个漂亮的结尾：奔驰在草原上！

回忆到这里，我想起一个问题。我在想我们当时真是傻得可以。是因为年少幼稚吗？那么老师呢？结论只能是他们同样幼稚。可是他们毕竟年龄很大了，有的都到了中年或已过了中年——这不能不说是一场人生的悲剧。我们的学校没有围墙，却并没有因此与美丽的大自然更亲近起来。一道道看不见的围墙正把我们围住、隔离开来，使我们远离了世界上那些最美好的东西……

告别了，我的中学时代！我在那个年头里，曾经浪费了人的一生中再也不会重复出现的、仅仅属于那个美妙年纪的热情。这是我今天最为惋惜的。我记住了。

热爱大自然

我怀念美丽富饶的胶东半岛。

渤海湾畔，是一片辽阔的海滩平原，平原上有一望无际的稼禾，有郁郁葱葱的林木，有汩汩流淌的小河……离海五六里的一片树林深处，有一所学校。我的小学和中学就是在这儿读完的。

我们上学，要穿行在树林里；放学回家，家在果园里；到外边玩，出门就是树林子；割草、采蘑菇、捉鸟，都要到树林子里；去河边钓鱼，到海上游泳，也要踏过大片浓绿的树林……我们学校那时候上劳动课，老师常领我们到林子深处采草药；有的课，比如音乐课，有时也到林子里上，大家把歌声洒落在枝枝叶叶中间了。我们写作文也常与林子有关——记得我有一次看到教室门口一棵苹果树上的果子不断丢失，就写了一篇文章，题目是“从一棵苹果树看我们的责任心”。校长看了十分赞赏，鼓励之后，又推荐给老师和同学们看，很使我兴奋了一阵子。同学们还在林子里学过舞蹈，有一个年轻女教师，能歌善舞。她教大家，说一声“预备——起！”大家就跳了起来。她的舞姿真美，我至今记得那林中跃动的身影……

那是一段永远让人怀念的时光。我想起我的中学时代，首先想到的就是那一片一片的林子、一片一片的绿色。我庆幸自己出生在美丽的海滨，也感激当年的老师尽一切机会让我们去和大自然亲近。我们没有把自己整天关在教室里的习惯，今天想，那样也许会变傻的。伏在桌上安安静静读一本好书是愉快的，而到田野里接受大自然的沐浴和陶冶就更加幸福。一个人在中学时期经历的东西很难忘掉，像我，至今记得当时跨越的潺潺小溪，看到的树尖上那个硕大的果子，闪着亮光的三菱草的叶子和又酸又甜的桑葚的滋味……那时候给我的心田留下了一片绿荫，使之不致荒芜，使我后来踏上文学之路时，能够那么脉脉含情地描绘我故乡的原野。

我想一个人在他的中学时期，正经历由比较幼稚到比较成熟的特殊阶段，这期间他大半要学会做好多好多的事情，其中很重要的，就是学会去眷恋大自然，热爱大自然！这也会影响他的一生。像俄国的著名诗人叶赛宁，作家屠格涅夫、托尔斯泰，作品中都有大量讴歌自然、抒写风景的优美篇章，他们描绘了那么多美好而多情的自然世界。读他们的作品，你会感觉到那颗伟大而纤细的心是怎样搏动的，怎样去挚爱、去追随着祖国的瑰丽山川……我想，一个不热爱大自然的人，难以培养起很强的美的感受能力，也难以写出有华彩的文章，更成不了真正的作家。与作文的关系如此，与做人的关系好像也如此——我总觉得一个对大自然怀有满腔柔情的人，很难是一个品行低下的坏人。

让我们热爱大自然吧！

捉鱼的一些古怪方法

在没有网具的情况下，要捉住几条鱼是很难的。田野上的河汊沟渠、池塘小溪里，总会有些鱼，大大小小，引诱着人去下手。有的鱼很大，大得让人怀疑它究竟是不是这片水里生出来的。你兴冲冲地跳下水去，扑腾得浑身泥浆，最后还得空着手爬上岸来。你捉不着它。

实际上捉鱼有很多古怪方法。

“浑水摸鱼”被用得多了，也就不以为怪。其实这个方法简便易行，只需跳到水中胡搅一气，那些鱼也就昏头昏脑地探出身子等人来捉了。一片浑浊的泥水之上，昂着一个又一个鱼儿的头颅，那是很好看的。

这个方法突出的是一个“搅”字。功夫全在搅上了。其他方法如果也都用一字概括，那么整套方法可称为“推、搅、掏、堵、诱”。

推鱼最容易。如果你来到一条浅浅的小渠边，被水中清晰可见的鱼影搞得心烦意乱、跃跃欲试的时候，你最好先蹲到渠岸上拔一会儿青草。然后，你抱着一堆青草跳下渠水，趴下身子，两手推着草叶往前走，直走到渠的尽头——水尽鱼存，无一漏网，真是个好方法。不过这个方法太绝了些，常常使人欣喜之余又有些不安：是否对鱼们太狠了？

堵鱼就是将宽水流堵成一个小豁口，使水流由此而变得急起来，并将一草篮放在豁口上。鱼儿随急水而下，不得翻身，常常在篮底积下一层。这种方法的唯一缺憾就是逮不住大鱼。大鱼力气大，翻身有何难？

诱鱼是比较难做的。诱饵香甜诱人，却不一定合鱼的口味。如果它们循着气味游过去，直游到那个人为的生命的陷阱里，你在岸上就会高兴起来。没有办法，鱼们平常就爱躲在深水里、草根处，只有用诱饵将其引逗出来，引到一个便于围歼的地方。这个方法可能受了某部兵书的启示：对付人的计谋有时用到自然界的其他生物身上，竟是同样奏效。

掏鱼大概算最古怪、最费解的方法了。这个方法是我们发明的。“我们”在当时实际是一群孩子，天真无邪，面对游鱼，也就想出了这个方法。大人们反而想不出，大人们太复杂了。我们不止一次地发现这一奇怪的现象：有人就因为失去了纯真，结果就失去了巨大的创造力。捉鱼也是一样……如果渠长水深，没法“推、搅、堵、诱”，那怎么办呢？那就跳下水去，在渠的水线上挖一个个碗口粗、尺余深的洞洞。挖过之后，你就在渠水里来来回回地走动，像散步那样。走上一会儿，你感到疲累了，就可以伸手到那些洞洞里掏鱼！鱼已经装了很多，全在洞底，顺着掏下去就是——这究竟是为什么，谁也说不清。这简直像是一个梦境，一个非常美丽的、只属于童年和少年的梦。但它又实实在在是一个可靠的、古怪的捉鱼方法。

不难看出，以上方法只能用来捉淡水鱼。

有人说淡水鱼比海鱼更有滋味。我相信这个说法。但我不明白它们是怎么生出来的。如果有一潭水，只要不去管它，迟早里面会生出鱼来。而庄稼还需要播种呢，这鱼真是天赐之物。如果掌握了一些古怪方法，随随便便就可以从田野里携回鱼来，一食为快。

吃的方法很多，比捉的方法又多出几倍。用油炸，用水煮，有时还故意让活鱼下锅。但这毕竟是大人们的事情。孩子们如果捉到了鱼，常常用友好的、温存的目光看着它们，似乎从中感受到了可以沟通的什么东西。他们总是把鱼儿养起来，心中充满了希望……

写到这里，我不由得想到：如果我是一条鱼，又逃不脱那“推、搅、掏、堵、诱”的话，那我希望败在纯真的儿童们手里。

1985 年

失去的朋友

每天夜晚，我都在市郊的一条小路上散步。即便是雨天，我也要撑着雨伞出去走——从前一年的中秋节之夜走起，一直走到今天。

小路有多少弯曲、坎坷，路旁有什么景物，我已经烂熟于心。除了深冬和初春外，这总是一条绿蓬蓬的路。而且这还是一条寂寞的路，因为人们都不愿到这偏僻的地方来。

一路上要过两座小石桥，看到一排茁壮的青杨、一棵孤独的黑榆和一棵加拿大杨。还有一处 1958 年兴建的如今早已废弃的小小水电站。伴路而行的水道、土崖、茂长的草、笨拙的刺猬……一切在我心中都是活脱脱的。我可以听到它们的心声。

土崖上有两个土洞，我判为獾洞。看不出是否有獾居住，我就在洞口塞了一把草——第二天晚上，我看到原来塞实的草被一个灵巧的躯体旋成一个圆空。我很愉快。

第二座小石桥边不知怎么长着一株极其旺盛的曼陀罗。它硕壮繁茂，大朵的白花在黑夜里闪闪生辉，让我一时目瞪口呆。我简直认为它是在一夜之间突然生出并长大的。那天夜里我在桥边久久伫立。

它四周没有杂草，是光洁的沙土，这儿只有它自己。浓绿绿乌油油的叶片，粗而亮的茎秆，一切都大得旺得惊人。这是小路旁的一笔重彩。

我回忆着以前见过的曼陀罗花，不记得有这么大的。

后来月亮出来了，我嗅到了一朵朵白花播散出的神秘的香味——我想月光如果有气味，也该是这样的。

从此每一次散步，我都在一开始想：一会儿，过了桥，就该看见那株曼陀罗了……

从夏末到深秋，天气越来越严肃了，树叶终于飘落纷纷，可是那株曼陀罗仍然白花耀目。

有一天晚上——像往日一样的一个晚上，我走到了小桥边，突然感到异常空旷。我揉了揉眼睛，这才发现它不见了。不，它被刨过，枝叶花朵全散在地上。

它早已是我小路上的一个挚友……然而它永久地消失了。

1989 年 10 月

尊 长

一株枝叶无比茂密的大李子树，一株不知长了多少年的大山楂树，分别做了这片园林的尊长。园里有各种各样的树，比如樱桃、苹果、枣树、杏树、桃树、无花果树、核桃等等。它们的模样与脾性当然都不同，所处的位置也不同。它们在北风呼啸的冬天，在炎热的夏天的姿态，都相差很远。大李子树春天开出一团团银白色的小花，浓烈的气味笼罩了一切，招引了无数的蜂蝶。它们的小花瓣如此紧密地挤在一起，成为一个不可破解的谜。这么多的蜂蝶都是从哪儿涌来的？它们与大李子树达成了一种什么关系？这都是需要花费很长时间去琢磨的。可是有一个事实已经是不言自明的了：它，还有那株威风凛凛的大山楂树，是作为两位尊长而存在的。

我长久地仰望着它们。我想我这会儿也成了一株树——一株普普通通的纤弱瘦小的树。

1988 年 3 月 8 日

绿 色 遥 思

我觉得作家天生就是一些与大自然保持紧密联系的人，从小到大，一直如此。他们比起其他人来，自由而质朴，敏感得很。这一切我想都是从大自然中汲取和培植而来。所以他能保住一腔柔情和自由的情怀。我读他们写海洋和高原、写城市和战争的作品，都明显地触摸到了那些东西。那是一种常常存在的力量，富有弹性，以柔克刚，无坚不摧。这种力量有时你还真分不清是纤细的还是粗犷的，可以用来做什么更好。我发现一个作家一旦割断了与大自然的这种联结，他也就算完了，想什么办法去补救都没有用。当然有的从事创作的人并且是很有名的人不讲究这个，我总觉得他本质上还不是一个诗人。

我反对很狭窄地去理解“大自然”这个概念。但当你的感觉与之接通的时刻，首先出现在心扉的总会是广阔的原野丛林，是未加雕饰的群山，是海洋及海岸上一望无际的灌木和野花。绿色永久地安慰着我们，我们也模模糊糊地知道：哪里树木葱茏，哪里就更有希望，就有幸福。连一些动物也会集到那里，在其间藏身和繁衍。任何动物都不能脱离一种自然背景而独立存在，它们与大自然深深地交融。也许是一种不自信、感到自己身单力薄或是什么别的，我那么珍惜关于这一切的经历和感觉，并且一生都愿意加强它寻找它。回想那夏季夜晚的篝火、与温驯的黄狗在一起迎接露水的情景，还有深夜的谛听、到高高的白杨树上打危险的瞌睡，等等，这一切才和艺术的发条连在一起，并且从那时开始拧紧，使我有动力做出关于日月星辰的运动即时间的表述。宇宙间多么渺小的一颗微粒，它在迫不得已地游浮，但总还是感受到了万物有寿，感受到了称作“时光”的东西。

我小时候曾很有幸地生活在人口稀疏的林子里。一片杂生果林，连着无边的荒野，荒野再连着无边的海。苹果长到指甲大就可以偷吃，直吃到发红、成熟；所有的苹果都收走了，我和我的朋友却将一堆果子埋在沙土下，这样一直可以吃到冬天。各种野果自然而然地属于我们，即便涩得拉不动舌头还是喜欢。我饲养过刺猬、野兔和无数的鸟。我觉得最可爱的是拳头大小的野兔。不过它们是养不活的，即使你无微不至地照料也是枉然。所以我后来听到谁说他小时候把一只野兔养大了就觉得是吹牛。一只野兔不值多少钱，但要饲养难度极大，因而他吹嘘的可能是一件了不起的事情。青蛙身上光滑、有斑纹，很精神很美丽，我们捉来饲养；当它有些疲倦的时候，就把它放掉。刺猬是忠厚的、看不透的，我不知为什么很同情它。因为这些微小的经历，我的生活也受到了微小的影响。比如我至今不能吃青蛙做成的“田鸡”菜；一个老实的朋友窗外悬挂了两张刺猬皮，问他，他说吃了两个刺猬——我从此觉得他很不好。人不可貌取。当说到这里的时候，我明白一个人的品性可能是很脆弱的，而形成的原因极其复杂。

不过这种脆弱往往和极度的要求平等，要求给予普通生命起码的尊严，特别是要求群起反对强暴以保护弱者的心理素质紧紧相连。缺少的是那种强悍，但更缺少的是被邪恶所利用的可能性。有着那样的心理状态，为人的一生将触犯很多很多东西，这点不存侥幸。

当我沉浸在这些往事里，当我试图以此来维持一份精神生活的同时，我常常感到与窗外大街上新兴的生活反差太大。如今各种欲望都涨满起来，本来就少得可怜的一点斯文被野性一扫而光。普通人被诱惑，但他们无能为力，像过去一样善良无欺，只是增添了三分焦虑。我看到他们就不想停留，不想待在人群里。我急匆匆地奔向河边，奔向草地和树林。凉凉的风里有草药的香味，一只只鸟儿在树梢上鸣叫。蜻蜓咬在一枝芦秆上，它的红色肚腹像指针一样指向我。宁静而遥远的天空就像童年一样颜色，可是它把童年隔开了。三五个灰蓝的鸽子落下来，小心地伸开粉丹丹的小脚掌。我可以看到它们光光的一丝不染的额头，看到那一对对不安的红豆豆般的圆眼。我想象它们在我的手掌下，让我轻轻抚摸时所感受到的一阵阵滑润。然而它们始终远远地伫立。那种惊恐和提防一般来说是没有错的。周围一片绿色，散布在空中的花粉的气味钻进鼻孔。我一人独处，倾听着天籁，默默接受着崭新的启示。我没有力量，没有一点力量。然而唯有这里可以让我悄悄地恢复起什么。

我曾经一个人在山区里奔波过。当时我刚满十七岁。那是一段艰难的日子，当然它也教给我很多很多。极度的沮丧和失望，双脚皴裂了还要攀登，难言的痛楚和哀怨，早早来临的仇视……

当我今天回忆那些的时候，总要想起几个绚丽迷人的画面，它使我久久回味，再三地咀嚼。记得我急急地顶着烈日翻山，一件背心握在手里，不知不觉钻到了山隙深处。强劲的阳光把石头照得雪亮，所有的山草都像到了最后时刻。山间无声无息，万物都在默默忍受。我一个人踢响了石子，一个人听着孤单的回声。不知脚下的路是否对，口渴难耐。我一直是瞅准最高的那座山往前走，听人说翻过它也就到了。我那时有一阵深切的忧虑和惆怅泛上来，恨不能立刻遇到一个活的伙伴，即便一只猫也好。我的心怦怦跳着。后来我从一个陡陡的砾石坡上滑下来，脚板灼热地落定在一个小山谷里。映入眼帘的是一片清澈透底的亮水，是弯到山根后面去的光滑水流。我来不及仔细端量就扑入水中，先饱饱地喝了一顿，然后在浅水处仰下来。这时我才发现，这条水流的基底由砂岩构成，表层是布满气孔的熔岩。这么多气孔，说明了当时岩浆喷涌而出的那会儿含有大量的气体，水在上面滑过，永无尽头地刷洗，有一尾黄色的半透明的小鱼卧在熔岩上，睁着不眠的小眼。细细的石英砂浮到身上，像些富有灵性的小东西似的，给我以安慰。就是这个酷热的中午，我躺在水里，想了很多事情。我想过了一个个的亲属，他们的不同的处境、与我的关系，以及我所负有的巨大的责任。就是在这一刻我才恍然大悟："我年轻极了，简直就像熔岩上的小鱼一样稚嫩，我还有很多时间可以成长，可以往前赶路。"不久，我登上了那座山。

有一次我夜宿在山间一座孤房子里。那是没有月亮的夜晚，屋内像墨一样黑。半夜里被山风和滚石惊醒，接上再也睡不着。我想这山里该有多少奇怪的东西，它们必定都乐于在夜间活动，它们包围了我。我以前听过了无数鬼怪故事，这时万分后悔耳鼓里装过那些声音。比如人们讲的黑屋子里跳动的小矮人，他从一角走出，跳到人的肚子上，牙牙学语，等等。我一动不动地盯着屋角，两眼发酸，我想：人们为什么要在这么荒凉的地方盖一座独屋呢？这是非常奇怪的。天亮了，山里一个人告诉我：独屋上有很多扒坟扒出的砖石木料，它是那些热闹年头盖成的。我大白天就惊慌起来，不敢走进独屋。接下去的一夜我是在野地里挨过的，背靠着一棵杨树。我一点也没有害怕，因为我周围是没有遮拦的坡地和山影，是土壤和一棵棵的树。那一夜我的心飞到了海滩平原上，回到了我童年生活过的丛林中去。我思念着儿时的伙伴，发现他们和当时当地的灌木浆果混在一起，无法分割。一切都是一样的甘甜可口，是已经失去的昨天的滋味。当时我流下了泪水。我真想飞回到林子里，去享受一下那里熟悉的夜露。这一夜天有些凉，我的衣服差不多半湿了。这说明野地里水汽充盈，一切都是蛮好的，像海边上的一样。待太阳升起的时候，我又可以看到一座连着一座的大山了，苍苍茫茫，云雾缠绕。我因此而自豪。因为我们的那一帮谁也没有见过真正的山。我已经在山里生活了这么多天了，并且能在山野中独处一个夜晚。这作为一个经历，并不比其他经历逊色，因为我至今还记得起来。就是那个夜晚我明白了，宽阔的大地让人安逸，而人们手工搭成的东西才装满了恐惧。

人不能背叛友谊。我相信自己从小跟那片绿野及绿野上聪慧的生灵有了血肉般的联结，我一生都不背叛它们。它们与我为伴，永远也不会欺辱我、歧视我，与我为善。我的同类的强暴和蛮横加在了它们身上，倒使我浑身战栗。在果园居住时我们养了一条深灰色的雌狗，叫小青。我真不愿提起它的名字，大概这是第一次。它和小孩子一样有童年，有顽皮的岁月，有天真无邪的双目。后来当然它长大一些了，灰黄的毛发开始微微变蓝。它有些胖，圆乎乎的鼻子有一股不易察觉的香味散发出来。我们都确凿无疑地知道它是一个姑娘，并且随着年龄的增长有了人一样的羞涩和自尊，有了矜持。我从外祖母那里得知了给狗计算年龄的方法，即人的一个月相当于它的一年，那么小青二十岁了。我们干什么都在一块儿，差不多有相同的愉快和不愉快。它像我们一样喜欢吃水果，遇到发酸的青果也闭上一个眼睛，流出口水。它没有衣服，没有鞋子，这在我看来是极不公平的。大约是一个普通的秋天，一个丝毫没有噩兆的挺好的秋天，突然从远处传来了新的不容更变的命令：打狗。所有的狗都要打，备战备荒。战争好像即将来临，一场坚守或者撤离就在眼前，杀掉多余的东西。我当时的感觉就是这样。我完全蒙了，什么也听不清。全家人都为小青胆战心惊，有的提出送到亲戚家，有的出主意藏到丛林深处。当然这些方法都行不通。后来由母亲出面去找人商量，提出小青可否作为例外留下来，因为它在林子里。对方回答不行，没有一点变通的余地。接下去是残忍的等待。我记得清楚，是一天下午，负责打狗的人带了一个旧筐子来了，筐子里装了一根短棍和绳索，一把片子刀。我捂着耳朵跑到了林子深处。

那天深夜我才回到家里。到处没有一点声音。没有一个人睡，也没有一个人发出响动。天亮了，我想看到一点什么痕迹，什么也没有。院子里铺了一层洁净的沙子。

二十余年过去了。从那一次我明白了好多，仿佛一瞬间领悟了人世间全部的不平和残暴。从此生活中发生什么我都不会惊讶。他们硬是用暴力终止了一个挺好的生命，不允许它再呼吸。我有理由永远不停地诅咒他们，有理由做出这样的预言：残暴的人管理不好我们的生活，我一生也不会信任那些凶恶冷酷的人。如果我不这样，我就是一个背叛者。

说到这里我想起了人的苦难经历与一个人的信念的关系。不知怎么，我现在越来越警惕那些言必称苦难的人，特别是具体到自己的苦难的人。一个饱受贫困的折磨和精神摧残的人，不见得就是让人放心的人。因为我发现，一个人有过痛苦的不幸经历是极为重要的，但更为重要的是懂得珍惜这一切。你可能也目睹了这样的情景：有人也许并不缺少艰难的昨天，可是他们在生活中总是自觉不自觉地与一个地方一个时期最黑暗的势力站在一起。他们心灵的指针任何时候也不曾指向弱者，谎言和不负责任的大话一学就会。我将不断地向自己叮嘱这一点，罗列这些现象，以守住心中最神圣的那么一点东西。如果我不能，我也是一个背叛者。

我明白恶的引诱是太多太多了。比如人的一生中会碰到很多宴会，并且大多会愉快地参加。宴会很丰盛，差不多总是吃掉一半剩下一半，差不多总是以荤为主。这就有了两个问题：一是当他坐在桌边，会想到自己的亲属，还有很多认识的不认识的人，同一时刻正在嚼着简陋的难以下咽的食品吗？那么这张桌子摆这么多东西是合理的吗？或许他会转念又一想：我如果离开这张桌子，那么大多数人是不会离开的，这里那里，今天明天，无数的宴会总要不断地进行下去。而我吃掉自己的一份，起码并没有连同心中的责任一同吞咽下去，它甚至可以化为气力，去为那些贫穷的人争得什么。如果真是这样，那也可怕得很。无数这样的个人心理恰恰造成了客观上极其宽泛的残酷。它的现实是，一方面是对温饱的渴求，另一方面是酒肉的河流。第二个问题是吃荤。谁在美餐的时刻想到动物在流血、一个个生命被屠宰呢？它们活着的时候不是挺可爱的吗？它们在梳理羽毛，它们在眨动眼睛。你可能喜欢它们。然而这一切都被牙齿粉碎了。看来心中的一点怜悯还不足以抵挡口腹之欲。我与大多数人同样地伪善和虚妄，似乎无力超越。我不止一次对人说过我的预测、我的一个至关重要的判断：如果我们的文明发展得还不算太慢的话，如果还来得及，那么人类总有一天会告别餐食动物的历史；也只有到了这一天，人类才会从根本上摆脱似乎是从来不可避免的悲剧。这差不多成了一个标志、一个界限。因为人类不可能用沾满鲜血的双手去摘取宇宙间完美的果子。我对此坚信不疑。

要说的太多了。让我们还是回到生机盎然的原野上吧，回到绿色中间。那儿或者沉默或者喧哗，但总会有一种久远的强大的旋律，这是在其他地方所听不到的。自然界的大小生命一起参与弹拨一只琴，妙不可言。我相信最终还有一种矫正人心的更为深远的力量潜藏其间，那即是向善的力量。让我们感觉它、搜寻它、依靠它，一辈子也不犹疑。

想来想去，我觉得没有更多的东西可以信赖，今天如此，明天大概还是如此。一切都在变化，都在显露真形，都会余下一缕淡弱的尾音，唯有大自然给我永恒的启示。

1988 年 7 月 29 日于龙口

盼雪

一个无雪的冬天，会令人感到尴尬。该冷的时刻不冷，四季不再分明，大自然也写出了荒诞的一笔。

下雪吧，让洁白的绒毯铺盖大地，以这个节令独有的方式去温柔人心、安定人心。

雪花可以擦洗世界，所以你总是能够在雪后看到一方更加碧蓝的天空。一只狗走向原野，小鸟在落满雪粉的枝丫上悄立。大地恬然入睡，万物陷于默想。姑娘歌唱了，红色的围巾松松地包在头发上。你相信雪的下边是一片翠绿吗？紫色的地黄花儿将开放，墨绿的叶面上留着雪痕。一个洁净的干练的老人拄着拐杖走过，呼出了白气。那白气像他写出的一道诗行。他的头发也是银白的，他的黑呢大衣多么庄重。

老人缓缓地行走，拐杖提离地面。他走过的岁月中有多少个这样的冬天？不记得了。他只记得在雪地上、在雪松的后边，他第一次吻一个姑娘的情景。那时他们都年轻，厚厚的雪使他们的脚陷下去了。

雪的世界，一个多么适合思索和回忆、追忆和遐想的世界啊。浑浊的思绪被纯正了沉淀了，人心像伏下的白朵一样安静。我们的流逝时光，我们的没有留下痕迹的一串连一串的脉音，这时一齐涌到眼前耳畔。

河冰封锁了半条水流，雪缀在冰碴上。棕红色的羽毛细密光滑——一个多么神奇的长嘴鸟儿在那里啄着什么。谁能叫得上它的名字来？谁以前见过它吗？我们怎么没有更早地留意它？这真是一个错误。让我们被这一时的冲动指引着，去请教那些鸟类学家吧。多么美妙的冲动，发生在白雪皑皑的境界里。

你见过人们借助一副滑雪板飞速穿越的情景吗？那有多么帅气。还有，迷人的雪雕、娃娃们的同样稚拙的雪人……这一切奇迹都被白色的调子统领了、概括了。

人在最危急的时刻，在有了病痛的时刻，往往被抬进医院——那里有什么特征？那里会有一群群身着白色长衣、头戴白帽的人，有白色病床、白色被子……他们以这样的颜色挽留生命，唤起这个生命的记忆。白色究竟在多大程度上参与了缓解与诊治，又给了人多少安慰和信任呢？白色，白色，活动着、沉默着的白色……它与雪的联想，它与一个生命的关系的联想，就这样发生着。

大雪覆盖之下，种子接受庇护，在温湿的地方慢慢领悟。终有一个春天的来临，它萌发了。积蓄起的力量一直向上，挤成一片，越来越茁壮，充满了汁水。如果没有冬雪，就难以有这样的景象。大地一片荒凉，泥板龟裂，千里不毛，干燥焦躁浮躁，从树心到人心，希望变得越来越少。不是不想振奋，而是缺少借以振奋的那一切色彩，那一切真实的蓬勃的东西。

下雪吧，下雪吧。

可不巧的是我们又走进了一个无雪的冬天。

大雪哪儿去了呢？问爷爷们，他们也在摇头。大雪到底哪儿去了呢？如果连我们这个湿润的半岛上也缺雨少雪，其他大陆又怎么熬？下雪了，下雪了，下了浅浅一层，一脚踏出泥底，可怜人。下雪吧下雪吧，再让人骄傲地头戴翻皮帽走上一遭吧，再让真正的寒冷像过往的大雁一样降落一次吧。这样，我们就会知道，太阳和地球在挺好地运转，一个接一个的明天还将无有尽头。我们会信任时光、日月这一类永恒的东西，安然自如而不是匆忙慌促地去干手头的事情。

在这个干燥的、裸露着泥土的冬天里，人们不由得去追寻根底。不错，现代科学已经告诉了大家，人类对于大自然的无节制，严重地破坏掉了生态平衡，毁掉了正常的自然循环。因此我们要忍耐一个又一个无雪的冬天。空中烟尘弥漫，人们咳声不绝。仰望天空，立刻有一粒微尘落入眼内。只有雪朵才可以擦掉这么多的尘埃，而我们拿出家中千万片抹布也做不到。下雪吧，下雪吧。大雪是老天爷手里的抹布，它一会儿就能把天空擦得瓦蓝锃亮。

下雪吧。

1989 年 1 月

人 生 麦 茬 地

多么熟悉的情景，动人心弦。我只是轻轻一瞥，那图片就在心中化作了永恒。雪白的、强烈无比的阳光灼伤了我的双目，让我再也不要触动这一幕吧，尽快把它忘却。

可是这能够吗？

一个从无垠的原野上走来的人生，忘得掉炎炎夏日里，那一片接一片的银亮麦茬，像电光一样闪烁的麦茬？土地焦干烫人，没有一丝水汽，如果有人划一支火柴，麦茬地就会一直燃烧到天边。土地烘烤出人的汗水，给自己解渴。人的脸和土地一个颜色，汗水还是不停地流出来。肌肉干贴在骨骼上，生命之汁已经剩下不多了。夏天，多么漫长。在这个滚烫的季节里，老人无声无息地劳作，一天接一天坐在地里。他们要熬过什么？或者，他们在期待什么？

母亲生下了健壮的儿子，儿子穿上小背心到更远的地方去了。她亲手播下种子，看着稚嫩的青苗破土、长旺，看着它挣扎出寒冷而枯燥的冬天。儿子回来吧，回来吧，这个世界怎么总要把儿子引诱到远处去？一想到儿子，她就联想到返青之后的麦苗。这个世界的年轻人不知忧愁地跳跳跃跃，那都是让血脉顶的。年轻人的世界火火爆爆，老年人的日子死寂无声。人老了，知道前边的日月是什么样子；人年轻，就不晓得以后的岁月是什么光景。其实一茬麦子与另一茬麦子总是差不多——麦茬的颜色一样，也同样在夏日里闪亮耀眼……儿子啊，在外面奔忙的儿子啊。

日当正午的时候我还不愿回去。我也没有寻找一片树荫。这片土地太大太大了，我僵硬的双腿不愿挪来挪去。丈夫没有了，他埋在这片土里——很多的男人女人都埋在这片养活了他们的土里。谁将来也是一样。麦茬哟，像针一样刺我的手和脚，我的长了厚茧的皮肤都受不住了。我把散在垄里的穗子捡起来。这麦秸在阳光下刺眼亮，我不得不眯起双目。饱含了盐的汗水顺着深皱流进眼窝里，我一遍一遍去擦……远处有个百灵鸟，它不歇声地叫，它有了什么好事了？

一个女人到了八十多岁会想些什么？年轻人永远也不明白。他们会以为她对一切都无心无绪了，或者相反，像个孩童一样易喜易怒。他们错了。母亲老了的时候简直丰富质朴到了极点。她越来越离不开土地，与泥土紧紧相挨，仿佛随时都要与之合而为一。她举手投足间都流动着天然纯洁的韵律。一双手挨到麦茬上，像抚摸婴孩的毛发。这时候她的眼睛已经昏花，能够准确无误地拿到麦穗，大半是依靠一辈子积累的物感。一个乐手去触动弦上的音阶，哪里还需要依赖视觉呢！

这是生在泥土上的女人。

生在另一些地方的女人是另一种母亲。她的手虽然苍老却依然柔软，食指常常充做奶嘴儿让婴孩吸吮，慈祥的脸上溢满欢欣。如果她看到一位同等年龄的老人坐在麦茬地里，就带几分天真蹲下来询问。她们之间简直无法交谈，各自揣着自己的人生沉默下来。分离时，柔软的手攥住粗硬的手，泪水在眶里旋动……远处的百灵鸟一连声地叫，这个炎热的夏天，你有了什么喜事？

麦茬间的另一种颜色，是绿色的小玉米苗儿。一茬让给了另一茬。庄稼，这就是庄稼。谁熟悉农事？谁为之心动？谁在这旷阔无边的大野上耕作终生却又敏悟常思？苍穹下多少生命，多少搏动不停的角落，生生息息，没有尽头。可是土地再辽阔，她离我再邈远，我还是能把正午里坐在麦茬地里的母亲一眼辨认出来！她的雪白的头发啊，她的蓝布大襟衣服啊，我没有开口呼喊，夏日的白光已经灼伤了我的双目……

我的母亲，我的母亲。

我的兄弟呢？我的姊妹呢？我的可爱的朋友乡邻亲友，你们哪儿去了！你们也来看看我的母亲。我跪下来，双手托起她的胳膊，把微微颤动的拐肘捂在掌中。我为她按摩舒展硬硬的手指骨节。母亲已经不像过去那样爱说爱笑了，脸上木木的，看我像看一个陌生人。我伸手梳理她稀疏的白发，为她摘掉沾上的一根麦草。“孩儿孩儿，我的孩儿！”她嘴里一迭声呼叫。

正午的阳光把原野晒出了紫烟。母亲的后背贴紧了汗湿的衣服。我问她，什么时候来到麦茬地里的？已经坐了多长时间？……她不作声，像没有听懂。停了一会儿，她从那个盛满了麦穗的柳条篮子底下，翻出了一块焦干的锅饼。锅饼按在我的嘴上，它像石块一样坚硬。“孩儿孩儿，我的孩儿！”我张大嘴巴咬住了锅饼。

母亲笑了。

我的儿子从天边上飞来了。好孩子，你看脚底下的粗壮麦茬，就知道这是个好夏天。你再也不用担心春天的事情了——那时节花开草绿，渠水噜噜响！你爸离开时是个春天，那样的春天再也不会有了。我嚼了榆树叶儿往他嘴巴里抹，一下一下他都咽了。他的眼神亮晶晶，我想他会好好陪伴我。谁料到第二天早上叫他不应，他去了！我的好孩儿，你妈硬是让这眼神给骗了——他去时我连个准备都没有。

你走到高山上、大海边上，走上千里万里，也不会找到这么肥的一片土地。这里值得你做一辈子，值得你安下心生个娃儿。你走了，走得无影无踪，连小木板门都没有关严。我的孩儿，你长大了，大腿像屋梁那么粗。可我就觉得你才刚刚摘掉奶头，唇上沾了奶水。人都是这片泥土的孩儿，他们说到底都是趴在那儿喘息，吭哧吭哧咽下吃食。人不能吃饱了肚子，一抹嘴巴就跑开。

她在儿子手腕上惊讶地发现了一块表。儿子告诉她到了正午。她疑惑地盯着指针——指针没有指向太阳，怎么就是正午？可见这是块骗人的表。她往前挪蹭，去寻找麦穗。麦穗无一遗漏地给逮到了篮里。灿烂的、浓香四溢的收获激动人心！要知道它原来准备藏在土里，像黄金那样一直藏着。可是一个精细的女人来了，来把它们取走。

百灵鸟叫着，它为什么欢乐？

它的小小慧目能透过时空的栅栏，望到几十年前蓖麻林里的少女吗？那时候她穿了火红的衣服，引逗一个百灵，又折了蓖麻做成一支绿笛，呜啊呜啊吹不停。她的头发上插了枝美人蕉花儿。百灵想把花儿啄下来，她就歪头一下一下躲闪。

有个长腿汉子气喘吁吁地站在林子边上。他透过林隙盯着她的眼睛，咬紧牙关。百灵把花儿趁机啄下，交到男子手里。百灵笑了，脆脆的声音响彻云天。

他们一起坐在了麦子地里……麦子熟了，他们的头发和麦秸一块儿白了。唰唰割掉麦子，留下一片无边的麦茬。她坐在阳光下，让头发与麦茬一齐闪耀出光亮。

儿子与母亲分吃一块锅饼。后来，儿子取水去了。“渴啊！多么渴啊！”百灵用粗嗓子喊了一句，飞走了。

老人又一次撩起青布衣襟去擦脸。她的脸被遮住了，像为自己的突然衰老感到羞愧似的。

——我只是瞥了一眼，再也没有转过脸去。就像脚踏着锋芒向上的麦茬一样，我小心地、一声不吭地离开了。但我一辈子也忘不掉这一幕。我在心中默念着：麦茬地！

1989 年 2 月 8 日

关于乡土

每个地方都理应有自己的文学。真正的艺术总是超出世俗而更具时间意义。如果说岩石也在流逝的岁月中剥蚀，那么熔铸了心汁的墨页则可以永葆芳香。

我们走在一片独特的土地上，总不免有些幽思遥想。不用说19世纪，也不说20世纪初，起码在近代长达五十几年的一段时间里，人们或可期待每一片土地都孕育出更为绚烂的文学之花。

这不是苛求。对土地不能苛求。

我说的只是一种乡土式的企盼，一种希望。当今天的人们谈论“乡土文学”的时候，你会感到真正的尴尬。或者是对土地和生命的深深隔膜，或者是对艺术天生的褊狭无知。

我们真的有过自己的“乡土文学”吗？

没有对一片土地痛苦真切的感知和参悟，没有作为一个大地之子的幻想和浪漫，就永远不会产生那种文学。人们在今天极少关于土地这个概念的理解，就像极少关于生命、文化之类概念的深切理解一样。一切都萎缩了、俗化了，想象的触角被一点点磨钝。

不错，乡土观念包括对于传统的固守，对于昔日事物的留恋，对于一种文明的断断续续的追溯和衔接；显而易见，它同时也包括了久长思之的、小心翼翼的甄别。乡土作家一般指生于斯长于斯、对土地同时也对整个家族血脉饱蕴深情的人。牵动他的是责任和良知，是早已存在了的使命。

诗人应该坚立于故土与尘风，这里有他需要的一切。他今天诚然不必足不出户，但沉着于自己的生活仍旧是完全必要的。一方水土可以长成一个人的血肉，也同样可以养大一个人的灵魂。真正的智者是纯粹的、在纷乱动荡中仍旧从容的人。他的关于乡土的温情和执拗一起滋生成长，以至于永不消逝。

一谈到乡土文化人们就会想到俚俗，想到那些时髦的关于故地风物的描摹，想到流畅但却平直的创作。乡土作家似乎不必理会人类有史以来发生过哪些重要思想，不必关心历史演变和时代进程——带有嘲讽意味的，恰恰也正是这一类作家更早失去自己的“乡土”。

不言而喻，我们要求他是一个独创境界、心气高远又极端质朴的人。他的不间断的辛劳被一种平凡色彩包裹了，但他的人生却正因此而变得神奇，化为不朽。

从某种意义上讲，乡土文学才是真正的文学。艺术家的求索如果不是背倚乡土，也就失去了文化根底。也正因为如此，所以任何对于它的狭隘规范，都是令人不能容忍的。

我们呼唤真正的乡土文学。

1989 年 4 月 23 日

田野的故事

一个诗人离开了田野，就不会健康地工作。你以任何名义都无妨，反正要能经常地接触土地就好。你来往于原野，嗅着泥土的气味，身上的力气就会渐渐恢复，精神也充实饱满。土地在春夏秋冬四个季节里有不同的魅力，它会把你紧紧地吸引着，让你不愿意背离它。

我们都有这样的经历，那就是面对一片空白进行着激烈的想象。这种想象是创作的生命，是一个基本过程。我们的脑海里又出现了过去的故事、可能发生的故事，出现了蓬蓬勃勃的生命……想象离不开田野，我们无论在脑子里绕开多少弯儿，最后也还是要回到田野上。可是如果离开真实的土地久了，这种想象就落不下来。那就只好一直停留在想象里。

我们见过了很多停留在想象里的诗人。我害怕变成那样，才走出去，到海边，到庄稼地里，到抗旱、收割的人群里去。结果想象的任务减轻了似的，真实的气味围住了我，我置身其中，恢复了信心。多少次描写过下雨，可是真正的雨、下雨前后的真实想法，又写过多少？胶东西北部小平原几十年里最旱的年头来了，树木死亡，庄稼一片片焦干。那时的盼雨才是牵动心肺。下雨吧，连下个几天几夜，我相信土地也会把它吸干。夜里总做下雨的梦，不知多少次把风的沙沙声当成了雨，惊喜地跑到凉台上看雨。雨成了心中的主题，等待成了主题，希望也成了主题。这样挨了不知多少天，有一天真的下雨了，不过是很细的雨丝。下了几十分钟，像泪花落在土地上那样不起眼。不过你可以想象有些小草可能活下来。在这样的日子里，你会理解那些做出隆重仪式求雨的人，会把希望寄托在神灵上。这一点也不奇怪。你会相信神秘的力量一定左右了这一块天空。

土地如果真的焦干了，那么一经雨水淋过，散发出的气味会让人记一辈子。那是烙铁淬火或是砂锅烧热了之后用水珠洒过时的那种气味，仿佛也同时伴着“哧哧”声。无论是多小的雨，都令人难忘。无论是多小的云彩块儿，都让人盼着化为雨点。我有好长时间，也许到现在仍然这样，一直牵挂着下雨的事。这成了一个癖。只要下雨我就高兴，总觉得雨水还不够大。一下雨，我就想起了那个小平原。

那里有四五十个村落缺水，人畜吃水都成问题。地下水长期汲取也快枯了，好多眼深井不得不停止使用。有的井虽然仍在坚持使用，但由于水位下降，机器已经抽不上水了，不得不用一种特殊的潜水泵。为了节省浇地用水，把水尽可能远地送来，现在田埂上到处都是绿色白色的塑料输水管。你可以想一下，就是在这样的情况下，农民们想方设法，像伺候一个未满月的小孩似的，把一株株玉米弄得粗大茁壮，成一片黑乌乌的玉米林子。在这时候，庄稼就更不能缺水，因为玉米穗子刚长起来，用水量就更大了。好像那个时候田里只有一件事，那就是抗旱、浇地，保住这一片绿色。

可是有的地方还是不得不放弃这个希望，因为井里实在没有水了，其他水源又离得很远。你眼看着一片片玉米、花生蔫了，心里像压了铅。玉米叶儿慢慢在太阳下卷了起来，然后就变得焦干，攥一把都成了碎末。花生棵上的黄色小花也干结在叶子中，它们一下子都贴在了滚烫的地皮上。

那里的绿色就是在这样的环境下保持的。

深秋的夜晚我们走到地里，走在望不到边的玉米林子里，心里很不平静。玉米叶像一把把大刀，齐齐地悬成一长溜，长叶儿上的脉络清清楚楚。玉米开始抽缨了，一股香甜气味弥漫了四周。玉米秆很粗，很结实，根须也很壮，有一天鼓出地面。显然，它们被管理得很好，水肥充足。我常在夜晚蹲在玉米田垄里，久久不动。这里的空气吸饱了，它给人灵感，给人真正的激动。这才是一个人所能享受的最好的夜晚。我的脚下，小蚂蚱什么的在蹦；远处，各种小动物在叫唤，发出很细碎的声音。我仿佛真的听到了大地的呼吸，听到了一片无边的植物的喘息之声。

只有那个时刻我算明白了一点点。我知道一万个形式里面，可以有一万个内容，也可以只有一个内容。我不愿过多地在形式上选择，而只是更热情地体会着追求着我自己的内容。我感受到了夜晚的特殊的声息、气氛，我牢牢地记住了这一感觉。这好比我读过的一本大书，我只记住了书中至关重要的某一点东西一样。整个的到田野、到一个小城里的过程，都像是一次漫长的阅读，我们在慢慢地捕捉一种氛围、一种意境、一个故事，接近了一个主题。我相信是这样的。

我们多少次在纸面上表现一个生命、生命的力量和它的无与伦比的美！可是具体到一片生机盎然的田野，上面的呼叫奔突着的生命，我们才会真的理解，真的被激动。

那样的夜晚，如果一个人带着尘土和一身的疲劳蹲在那里，伏在那里，就会离大地很近很近。这是感觉，又是一种实在。你天天关在楼房里，在人丛中奔忙，你真的会与土地一起呼吸，并且真的会有逼真的想象和描写吗？我想这做不到。什么事情都有个条件，离开了这些条件，要做到很难很难。需要你沾一身泥巴，你就要沾；需要你满手满脸青草的汁水绿屑，那就那样好了。这是些条件，你带着它们走进那种要求里，去获得至境。这一切必须真实朴素，必须真切，不然一切又都成了演戏，事与愿违，你什么也得不到。

接着说雨。我们对雨有各种各样的印象，有各种各样的描述——关于雨的吝啬、雨的肆虐和疯狂——可是你具体到一块土地、一个村庄呢？你具体地理解或阐释一种雨了吗？你记得这之前好像没有做到。比如雨的吝啬——它会到什么程度？在干旱的那些天里，我前面说过，我算真正领会了一点。我们描写干旱的文学作品太多了，中外都有名篇，当然描写大雨的也有很多，像福克纳写大雨就有很多篇。要写出干旱的那种焦躁，从内心到外表，从滚烫焦干的空气到田边上的裂纹，非有亲身体会不可。你会有一种深刻的危机感，你会觉得这次漫长的干旱（六十年来最旱的一次）很有些来头，恐怕那一端连接在一个很危险的东西上，会有极大的不祥的事情被引发出来。这些日子你不仅着急，而且变得多疑。你十分悲观。这种悲观当然不好，可这是真实的状态，这是具有彻底悲剧精神的一种想法，反正你亲身经历了这一旱，你算彻底弄明白什么才是雨的吝啬。你跟着植物和牲口一起熬过，熬过来了，这很不容易。你必然要好好写写这个“不容易”！

现在的大雨都躲到哪里去了呢？这是自然界留给我们的一个大谜。一会儿解释说是这样的现象，一会儿解释说是那样的一个现象，不知道。过去的海滩平原上下起雨来，铺天盖地，风搅着树林，雷闪不停，你真会害怕。常常是大雨追赶得人们抛下手里的东西就跑，雨鞭扑扑地抽在大人孩子的身上，抽得他们直叫唤。这样的雨下起来就不停，一下下上几个小时、几天，大水从地平线涌来，房屋倒塌，沟满壕平，大树变矮。

现在从来没有下过那样的雨。

过去的一片蛙鼓现在也没有了。那种声音在过去是永不消逝的，它与田野、庄稼，与一个个不眠的夜晚连在一起。这会儿它们都藏到哪里去了呢？时代在变迁，一切都在改变。人的生命太短暂，无法明白这些。我脚踏的这片平原，还到处是贝壳的屑末，人们传说多少年前这里正是大海。大海为什么退出了那么远？它又会因为什么原因、在什么时刻里重新返回呢？这种种疑问都在等待回答。

以上这些感触只有在平原上生活的人才更加关心。我如果在城里，远离这一切，就不会去思索。

人们多次谈过到生活中寻找活生生的语言，等等。这样谈得多了，反而全不明白了。要谈也得到了时候，到了跟土地跟做活的人磨得火热了的时候再谈。那时语言突然间变得活了，它们字字都有了生命，并且放出生命的野性气味儿。你与庄稼棵子在一块儿，才会说它们的话，与牲口在一起，也会学到它们的话。什么语言都是现成的，藏在事物的内部。你听到它了，它活动起来了，那时你就捕捉它。语言，特别是艺术语言，必须有生命，能动，能迸溅和跳跃。它们确实在有生命的物体内部，在那里面潜伏。比如人的语言，它也在人体里潜伏，老人、小孩儿，男人、女人，都潜伏着一种语言——他们说出来的，只是一小部分，而且不一定是他们生命的语言。有些只是声音——声音不等于语言。我们过去的错误就是过分地相信了声音，以为声音与语言是一个东西。

如果是这样，那么风声、海涛声，木头折断的咔嚓声，都是语言了。有声音的可以是语言，也可以不是语言。它们的区别就是，看其有没有生命。我们寻找的是真正的潜藏在物体内部的语言，寻找它的生命的变化情绪、征候、兆头。找一点语言不容易。一个老人被太阳晒得黑乎乎油亮亮，仿佛一声不吭地蹲在土地上，看他的庄稼。这时候他没有语言吗？有。他有多么丰富的话语正像河水一样汩汩流出来。还有一株老玉米，它黑乌乌的叶子，秆子又粗又壮，默默地站着，它没有语言吗？它有。那是关于水的气味，还有这个秋天的评价等不同凡响的议论。

总之，语言是最难学到手的。它们的难点就在于，它们有时是一声不吭的。它存在于活的、正在成长或死亡的一切事物之中。

比如一片夕阳下的茅草，它们正在懒洋洋地唱歌。再比如一条大渠畔上的茂盛的青草，它们正说着很多关于青春期的奇怪的诱人的话语，那话题是人们都愿意听的。关键是你要用心去捕捉。你学会了听这些语言，也就真的是一位艺术家了。

群众的语言就在群众中，而很难在一个人身上出现。群众，他们在很广大的一片土地上活动，不停地劳作、生活。比如在下雨天，他们一群群出现在田里，去抢搬麦子，或者拥到场院上。秋天，收玉米的时候，满地都是挥汗如雨的人群。那时你看到的是不知姓名的、众多的人。他们的语言就开阔地播撒在大地上。你听到了吗？群众的语言多么有活力！这种声音就是劳动的声音，是生活的喜悦的、乐观的声音。这种声音从播种响彻到收获，一直响着，好像从亘古就是这样的永恒的声音。

学会了这种语言，语言的源泉就开通了，就不会下笔无言了。我多次尝试着寻找一种群众的语言，十分用力和耐心。我发觉这种语言的内容有时掩盖在声浪的泡沫之下，它需要你去拂开泡沫，把最内部的鲜活的东西搂抱住。有时泡沫积得老厚，你拂不动，推不开，使你永远也不能接近真实的内核。你要把一切看在眼里，记在心上，用嗅觉、视觉和听觉去一齐接近。群众的语言总是与土地的语言十分相像。你理解了土地的语言，那也会包括群众的语言。

我们常常赞美透着泥土香味的语言——要学会这样的语言，在我看来是难而又难的。我在深秋、炎夏、盛春和隆冬天里，都曾经一个人或与一二好友一起，到田野深处去，有时待到深夜。我相信你只要亲近土地，土地迟早会教给你一种语言，使你的笔下真的透出泥土的香味。不过这是特别难的事情，它不像有人以为的那样容易。我看到一些文章，他说他到群众中去了，到土地上去了；他的语言已经透着泥土的香味，等等。我认真看了一番，发觉没有一丝泥土的气味，也没有什么“群众的语言”。它们没有那种彻底的放松精神和质朴精神，没有。土地的语言是久远深长、特别广阔的，谁能沾上一丝一毫它的气味，那都预示着一种永恒。我以为一个搞写作的人只要能真正谦虚地去学习和追随土地的精神，那他就会强大——空前地增加语言的力量。

没有一种语言可以像土地的语言那样，包含一切，融化一切，归纳一切。它可以模仿和造就千万种声音而不相互重复，也可以只传递出一种永久的声音而不使听者感到单调。土地的声音，土地的语言，是丰富到不能再丰富的境地了。在大雪后的一个夜晚，大地一片白色，我趁着月亮天走到田野上——我走了很远很远，一个人，默不作声地走。我好像听到了什么，又好像一直在享受一种雪后的宁静。这个时刻土地的语言是什么？像冰雪一样凉吗？不，它温柔得很，像女人的悄声细语，像耐心的母亲的规劝——我有时真的感觉到了它的存在，心里激动起来。脚下的雪在吱吱响着，我往前继续走下去……

那么雨天、焦灼的天、干冷的天、丰收的土地……各自又有一种什么语言？永远也探索不尽的秘密啊！在这些秘密面前，我们真是显得无知得很，渺小得很。我们真的是一些刚刚学习语言的人，刚刚学会发出单调的音节。谈到深入生活，就等于谈一个枯燥的话题，等于谈吃饭、喝水等基本问题。这些正因为是基本的，才具有长远的、与生命长期相伴的意义。沉入生活的深层，去与土地亲密，去倾听生活的声音、土地的语言，那当然是十分重要、十分迫切的事情了。

我看到的主张深入到基层的人，提倡这个并身体力行的人，有一些是比较外向的。这也很自然。容易接受口号、愿冲动的人，当然最先去实践这个。不过“体验”两个字又反映了很内向的精神色彩。“体”是身体，是感觉的起码条件，是血肉之躯，是眼耳鼻舌身的总和。身在动，在感觉，身体的全部在移动，在接触。而“验”是经验，是试验，是个过程。“验”差不多等于演。身体一动，一挨近，来了各种复杂的感触。这一过程就是“体验”。这个词充满了觉悟、妙悟、领悟、参悟的意味，好像更多的是身体移动过程中的静思默想。我们长期只强调移动，而不注重默想。这样就偏颇了。如果两个方面都强调，就有非常好的效果了。

你深入到田野了，这就是动。无论怎样轻微的动，身体的感受都有变化。接上就是静思了。静思强调的是“静”字，不然就与其他的“思”混同了。最有深度的思想，都是静思的结果。有的人思想不深刻、不独到、不新颖，都是因为他思而不静。我说的对土地上的干旱、雨季的变化、庄稼的长势，还有群众的语言与土地的语言，这一切问题，都需要在身体的移动中遇到，但遇到之后要深刻地理解，就需要静思默想。有不少深入生活的人走马观花，好像什么都知道了，其实他只知道一些老生常谈的东西，稍微隐秘一点的，他根本不知道。看来很热烈地参与了，实际上他只是一种浅层的摩擦，没有感觉到事物（物体）内部的震动。

如果有一种细小的遥远的声音要捕捉，那就要平心静气。这时任何的动作、分心分神的事都不能有，不然就听不真，听不到。静思也仅仅是为了听到那种声音。这是朴素的唯物主义的道理。一个深入了生活的人，等于一个人投入到更广阔的天地间去，他必然要倾听和辨析，要寻找目标。在令人眼花缭乱的事物面前，在一万种声音的喧闹下，他必然要设法从容一些地研究。这些喧闹背后是什么？是需要用心去倾听的另一种语言——他就是这样走入了静思。

田野上是生长繁衍各种生命的地方，是泥土。我觉得一个搞艺术的人，不管他是搞什么题材或体裁的人，都不能离开它。因为一离开它，就不会理解生命的奥秘。田野一刻不停地在孕育和演化，即便在深冬严寒季节，土层里也有什么在活动。到了温度适宜的时候，各种叶芽和秸秆鼓出土皮，经雨水一冲，齐刷刷往上茂长。各种动物都奔跑不停，吃东西，喝水，撒欢乱叫。人忙着自己认为有意义的事，比如播种收获、打猎，或者去发财；人也像树木一样靠阳光和水生长，而搞艺术的人也靠这个。所不同的是，搞艺术的人想方设法要揭示田野上一切事物，当然也包括人本身的一些奇妙之处、他们与它们的各种联结……

我与其他人对这个理解的不同之处在于：有人认为诗人要忘掉自己的身份去深入，说那样才深入得好。而我认为他在任何时候也不能忘记。因为一忘记，他就迟钝了。从获取隐秘的角度讲，只有记住了自己是个诗人，你才能深入进去。有人天真地认为他真可以忘掉自己的目的以及身份，到生活和群众中去，学点烂熟于心的语言，有一些群众情感——可是等记起诗人这一身份时，他发现那情感和语言都没有了；而一旦记起那些语言和情感的时候，他又忘记自己是个诗人了。

1989 年 11 月

自 画 像

我觉得中年这条线非常关键，人一到了中年，也就有了许多变化，这变化大得足以让自己惊讶。以前的许多激动，激动中的创作，现在都能让我平静下来了。只是没有多少后悔，一方面是后悔没用，另一方面是我基本上在做那个年龄段的人一直做着的事情。再说，人也的确应该珍视青春。

匆匆忙忙地走过来，草率而充实。争取中年之后有个大的改变，即做得充实而不草率。

一个人越来越不喜欢自己，这是很可怕的事情。一切都要慢慢来，慢慢觉悟。

觉悟会增加勇气，而不是相反。人有了深沉的勇气，才是真勇。

有时觉得自己像一匹奔跑的马。马太美了，人比马只会自羞。可也果真是一路奔跑下来……

1997 年 3 月 12 日

林与海与狗

想起过去，心中往往出现并列一起的三部分：林子，大海，狗。它们纠集于我的童年。也许“狗”做了一切动物的代表，但它还仍然是具体的狗。它不仅给我友谊，帮助我理解，而且让我透视了许多生命的奥秘。林子在海滩平原上，狗和各种动物在林子中，我则徘徊在它们之间。

上学后童年就被约束了，但走出校门的时间总多于规规矩矩做学生的时间。我们撒腿在林子里奔跑，欢乐享用不尽，留作滋养一生。我们从小就认识了数不清的植物。大树灌木花草各长在什么地方，什么模样，都了然于心。它们后来只需我们以植物学上规定的名称重叫一次而已。

海滩上林密人稀，只有很少几个村庄散在林中。猎人、采药人、渔人，是他们在林中活动。关于林子的传说很多，这些传说的主题从许久以前就形成了，主要是劝人不要伤害动植物。它贯彻了人与物平等的观念。比如说口口相传的故事中，人往往不如一只动物善良和聪明，也不如一棵老树更值得敬重，等等。

国营林场里有一位老人，一些年轻工人。他们对我和朋友们都很重要，反过来也是一样。他们给我们故事和吃的东西，让我们看他们的狗；我们则使他们不寂寞，高兴，有时也让他们解解恨。因为人有时候总要发火，骂人，要追赶，这都是经常发生的。林场的人常为一些微不足道的事情翻脸，如临大敌地追捕我们。我们就在林子中窜与藏。他们大了，心眼儿多，可是跑得慢，手脚笨。其实我们不过是摘了他们几条黄瓜、爬树折断了枝丫之类。他们动此干戈多不值得。现在想一想，可能是他们太孤单无趣了，就半真半假地纠缠我们。

还有果园工人。这些人与我们好的时候特别可亲。好的季节是冬天和春天。那时他们修土埂、浇水和剪枝，在鲜花中劳动，人也和蔼。他们开我们的玩笑，互赠吃物，与各位家长来往时笑脸相迎。但果子大了熟了就不行了。那时他们声气变粗。因为我们要想法弄一些果子。现在回想，人在小时候对樱桃、李子和苹果的思念真是不可思议。一定要偷，要摘。吃果子的欲望盖过一切。人的生命在那个阶段可以概括为“果子时代”。

也就是那种欲望使我们与果园工人关系紧张。他们提防我们，用对付敌人的办法来整治我们。比如埋伏、设绊子，一旦抓到就不依不饶。我们顺着紫穗槐灌木往前爬，爬到果园来一次偷袭。而他们也常常趴在紫穗槐下守株待兔。那是恐怖难忘的季节。

许多人在我们长大之后，在庄重的场合相互见面了，一想起往昔的对峙，个个不无尴尬。

穿过林子和草地去海上。海的春夏秋冬各有不同，很难说哪个最好。有人特别爱歌颂夏天的海，一提到海就是“畅游”。这是不能深入了解海的缘故。真正的吸引分在四季。冬海的颜色，浪涌推上的螺与鱼、一些木板小瓶杂物，就远非其他季节可比。还有，冬海里没有多少船，海边最静，只有看鱼铺的三五个老人。他们脾气怪，有新鲜大鱼，还教我们抽烟喝酒。如果要了解大人的故事，就得去找看鱼铺的老人。他们健谈，乱说，没有禁忌。冬天的大鱼有逼人的鲜气，一锅鱼汤的美味从此不忘。冬鱼油旺，白水煮鱼只放一点姜和醋，有时还洒几滴酒。老人让我们回家偷酒，我们偷了。记得我们当中就有四个是他们教会了抽烟的，家里人发现了也并不严厉制止，只说：“抽吗？早了些。”

夏天进海游泳的欢乐说了又说，是因为我们见到和经历的非他人可比。有一个叫“老黑”的人，能手擎裤子游到深海，来去自由。有一次他与人打赌，说要游到水雾蒙蒙的一个岛子上。他真的游去又游回。而今这一段水路通客船了，船跑一个单程要半个小时。

海上不穿裤子的人多，他们自然地来往，劳动中的裸体好看。我们从小习惯了这样的裸体，懂得了人体美。我们同时注意到：买鱼的或来海边游玩的女人并不憎恶和好奇。她们安详平静的目光在裸男身上划过，让人觉得成熟和从容。这一点经历，能够让我们在后来的社会风俗变异中安然处之，让我们较为坚强和正常地面对各种思潮，包括社会体制的变革。

我们还亲眼看到一个人赤身裸体在海里逮一个大海蜇。它的彩色飘带缠到了他身上，使其疾喊无声，最后遍体鳞伤。人疼得死去活来，躺在沙滩上滚动。

海上老大嗓门最豪，他是我一生中所见到的最能粗吼的人。这人后脖子上有一块厚肉墩，一在沙地上跑和喊，那肉就不停地颤。我们无论是在光亮逼人的白昼，还是在一排排火把下，都过分留意了他那个大肉墩。我们甚至觉得它是海上老大的必然徽章。他长得粗眉大眼，五十多岁；据说二十年前浪迹天涯，并为许多女人所宝爱。

受人护佑和珍惜的大狗在人群中伫立、游走。它们有人一样的神情，挺胸昂首去看汹涌的海。它们见了打招呼的人就点点头，活动一下双脚，重新观察大海。不少人提到了欢蹦的狗和顽皮的狗，当然，那是它们幼小的时候。投入成人生活的大狗神气很像人，并且不苟言笑。

我们养了几次狗，为它们自豪和痛苦。它们一生的主要事迹可以写成一本大书。它们个个温情和机智，见义勇为。它们的结局都与动荡的社会有关。在急剧躁动的岁月，人都变得疯狂了，所以它们就成为牺牲品。这样的悲剧是人类社会悲剧的缩影。这使我们在后来的悲剧——发生的和必将发生的悲剧中，能够有所提防、有所预感和有所认识。

大黄狗，棕色和栗色的狗，大花狗，都是品质优异的狗。它们在进入人类生活之前仿佛先自选择了一次，因为我不记得特别坏和特别让人厌恶的狗。它们陪伴了童年，并让人长思不绝。

雪 路

当我自认为可以独立生活也必须独立生活的时候，就告别了海边，一个人去了南部山区。在大山里过了几年，又缘山地向更南、向东和西游走。我看到了过去不曾见过的山脉和都市，水陆码头，各色人等。它们和他们与我相逢，想起来真像是一闪而过，仅为一瞬。可是细细剖开，这里有多少难忘的旧事。这些故事堆积出一段生命。

我不能说那是一段风雨苦程，而只想说欢悦多于愁苦。山川人事都保护了我支持了我，让我健步前行。山乡大婶、林野姊妹、码头老哥，包括身上有许多缺憾的人，都留给我珍贵难舍的礼物。我在他们灶前喝下了米粥，至今却未能偿还一把小米。他们赠给我最好的烟叶，我今天却要小心翼翼地戒烟。辛辣的烟味能勾起昨天：火炕，纳鞋底的哧哧声，船上人扑扑啦啦的胶雨衣。

在走走停停的间隙，我曾入过一个工厂。厂房建在山坡上，坡地只有两亩大小，傍河。河水一年四季流动，哗哗不息。我上夜班每晚要涉水而过，登上一级级梯路。一抬头就是皓月，是山的剪影，空中繁星。工厂里传来一个人的歌声，那是用当地土语唱出的，又闷又粗，有时又出奇地尖亮。唱歌的青年奇瘦，长了水蛇腰，斜眼，人却无比善良。工厂中有许多女孩，他个个都爱。她们都不爱他。于是，他在特异的心情下，在月夜，总是唱歌。

我有许久都与他同做一个夜班。在我后来离开时，他号啕大哭了一场。为分别而大哭，真哭，我到现在仅仅有此一遇。他当时总是把最苦的活儿抢在手上，固执地让我讲故事。不过我还是有了两手老茧。有一次在工作中不小心把硫酸溅到了衣服上，他就大喊：“快往河里跑！”跑到河里，把衣服扔进水流。结果这件衣服还是给烧出了洞眼。

在最艰难的日子里，厂领导想方设法开拓生产。原料供应成了问题。附近小村里有一个不幸的人，他过去曾在一个大城市当过局长，只因生活作风问题严重而削职为民。厂领导想利用他原来的关系，请他替工厂出一次差。要有人和他结伴。因为全厂工人中只有我一个人戴了手表，于是我就和那个人一起上路了。

这是多好的事儿，只可惜旅伴欠佳。

一个大雪天，我们俩提着一个黑包在山乡车站等车。削职局长已有五十多岁，瘦小非常，很矮，面色灰白。他对我用力地笑，背着手，围了一个大围巾。我极力想从他身上找出昨日痕迹。不过他的确落魄了，手粗鞋破，胡子黑浓。由于没有一把好一点的剃须刀，胡子总也刮不净。他说：“我是有关系的，能把我留在厂里就好了。”我明白，但我想这是不可能的。

厂领导行前对我说：“路上注意些，‘江山易改，禀性难移’啊！”人们都知道这个人在战争年代立过功，也就做了大官；又因为他的生活作风特别坏，也就变成了农民。我们只带了很少的路费，所以一路上只能住最差的旅社，吃很粗的饭。除了到外面接洽工作，剩下的时间就在大街上遛，在房间里待着。他非常能喝酒，每顿饭都要喝一碗，当然都是极便宜的散装酒。一喝了酒他就慨叹不息，说：“我当时怎么能有那样的‘爱好’啊！我怎么能‘爱好’这个啊！在这方面，你们年青一代可千万不要学我啊……落到了这步田地，真倒霉啊！不过话又说回来了，‘路线是个纲’啊！是吧？是吧?!”

他讲战争，讲到悲壮处就流泪。他说解放这个大城市时，他左臂受了重伤，还是活捉了一个敌军少尉。“武松单臂擒方腊啊！”他的嘴张成了一个黑色巨洞，对我缓缓摇动；后来复又慨叹：“我怎么能有那样的‘爱好’啊！这个‘爱好’……”我惊异于他把那种事叫成了“爱好”。但我只是看看手表，并未反驳。

我发现这座城市的人真有认识他的，而且仍叫他“局长”。

我们身上没有钱，为了节省路费，从乙地到甲地都是步行。北风呼啸中，他走在前边。一幅大围巾包着很小的头颅，让我感动。在大风中说话是吃力的，但由于他一路上兴致很高，所以总是说个不停。说到我们厂，他把它说成了天下最好的地方："那里有一个多么通情达理的领导；他的工作方法多少有点像我！"还说工厂里有那么多好姑娘，"个个都……"说着歪头看看我，"小伙子好好干吧，多有前途啊！"

一连半个月的跋涉，要做的事情多半做成了。可是实在太累了，我们一直在风雪中辗转，最后总算要踏上归途了。可是直到上车时才发现：买车票的钱不足了。他只好出面到以前的"下属"那儿借了一点，可能因为羞涩吧，借来的钱只够一半路程。"另一半怎么办？"他一对小眼睛盯了我一会儿，咂咂嘴："走吧。"

在大雪中走一二百里？而且这一路我们俩的脚早就磨起了泡。看看这个瘦小到不能再瘦小的人，我恨死了他。我想：走吧，你累不死，我就累不死。

结果我们下车后的一百六十里风雪旅程，硬是一步步走下来的。快回到出发地了，一看到山影河流、工厂的烟囱，泪水一下出来了。我一步都迈不动了，坐在河边雪地再不起来。"局长"拉我，说这已经是"胜利了"！我真想骂他一句。一路上我没有搭理他。可是他说回去后，要我在领导面前多多"美言"，又一次重复那个美梦："我要能留在厂里就好了……"

我们这一次长旅给危机中的工厂打了一针强心剂。所有人都赞扬我和"局长"。领导问起这人一路的表现，我说："很好！""怎么好？""能吃苦！"

真是多灾多难。就在这一年春天，刚刚转醒的工厂突然失了一把火。记得那天我正转早班，半夜被火光和呐喊惊醒。不知是怎么跑到了烟气腾腾的河边，那儿早聚集了全部工人和附近小村的人。当一半厂房快要塌了时，里面的东西还没有抢出来。厂长绝望了，他阻止人们进去。可只有一个人不顾一切往里闯，一次又一次拖出烧焦的东西。厂长大喊大叫，他就是不听。有人说："天哪，他干野了，什么也听不见了。"正说着屋顶塌下一块炭火，那人一下子被扑倒在地。人们嚎着把他扒出，往身上泼水……他探出烧伤的头颅说了一句："多可惜啊！"说完又垂下了头。

我这才发现，他就是那个小村的"局长"……

大火烧过第二年我离开了那个工厂。沿着山脉往东，去寻找新的生活。

离开前想起了一个人。我去看他，门锁着。最后在一块山地上看到了他：正拖着烧残的一条腿做活。他见了我，立刻昂起特别小的头颅笑了……

那些日子里，我一个人踏遍多少山路，常常想起的旅伴就是那个落魄"局长"。一个人走风雪之路，没有人在旁边，真是太苦了。这一年春节，我突然想起海边的家、那儿的母亲。可是到处被大雪覆盖，山岭和沟谷一片朦胧。我恨不得立刻奔到海边，心上阵阵急切。从南到北没有交通车，而且即便绕路，大雪已经迫使客车停止了运营。正在这时，我又想起了那次旅行，想起了那个人的话："走吧。"

我踏着大雪，深一脚浅一脚向北，去翻一座座山。我一定要回去，一定。我知道只要一步一步走下去，就会抵达。

小城风雨

近十余年来我大部分时间生活在东部小城。这里，世纪末的喧嚣一点也不少。我在这里度过自己的白昼和夜晚。散散的小城，远远的小城，郊外有荒草的小城，追赶都市的小城。我抚摸它，如同抚摸我的血肉之躯。

世界太大了，我只能注视这座小城。十年间有多少变化，我一直在目睹一座城市的“蝉蜕”。“风雨十年路，小城可吟诗。”这里的朋友个个爱笑，用笑声送走忧愁。我们去葡萄园，去海边，去一切让人追忆往昔的地方。昨天的林海已萎缩成一条防风林带，热闹的海岸已没有了渔人，代之以泳场和水上乐园；更大的海域则被黄色排污水浸漫。在这儿悼念消亡，同时也企盼新生。

来自几所大学的毕业生回到小城，兴致勃勃又难免沮丧。我们结成挚友。工作之余去郊外，一口气走上十几里，天天如此。即便是大雨雪天也不例外。有好几次在阴天走出，半路又被突降的暴雨赶回，浑身透湿，风雨掩去了呼叫。那个时刻，灰暗的水雾，起着水泡的田野，打得歪斜的稼禾，还有凄唱的树木，都让人心动。这是何地？呼啸的世界为何如此寂寥？神秘的力量左右了四周，在它面前，世俗退让得无影无踪了……

一次，四个人一起去郊外。因为出门时天色不好，但料定不会在短时间降雨，所以只象征性地带了一把小雨伞。其中的一个朋友怀中还有一本书，有顺路捎来的几盘音乐带。想不到走出十里左右，大风突起，雷鸣电闪，四野马上飞起了急急躲藏的鸟雀。大家相互看看，说一声“来了”，弓腰寻找避雨之地。其实一片原野只有蜿蜒的土路，连个草铺土屋都没有。大步往回跑，只跑了几步就明白来不及了。雷鸣就在头顶，大风愈加猛烈。雨来了，不是雨鞭，而是成吨倾下，击在身上。我们喊叫着蹲下，四个人挤抱一起，把唯一的小伞扯紧。最中间的人藏好他的宝贝，我们再紧紧围裹。大水在伞上砰砰响，隆隆响，水流马上成河，从膝下涌过。四个人用大笑回应这突来的、罕见的暴雨……

漆黑一片的田野，我们倾听叩击大地的脚步。不知度过了多少这样的夜晚。一起在渠畔树林驻足，遥望远城。无声无息的夜，感受和谛听的夜，如此美好……

在秋夏农忙季节，我们中的大多数要去郊外农村流汗。一身汗湿的衣服来不及换洗，白色的盐碱干成一圈圈图案。每个人的头发都扑满了灰尘，乱成一团，双目却灼灼发亮。鞋中是土，没法穿袜子。手磨糙了，五指不能持笔。从这个季节出来，人全变了，变得陌生可爱，直爽通达。说到文事，说到城里掌故，让人觉得是很遥远的另一个世界的事了。

去海岛打鱼。只有海岛才有真正的渔民，近处的海不行了。岛上朋友用酒和鱼招待我们，我们一起干活。坐船，种“水地”，撒网，晕船就呕吐，一口气吐出几十年的淤积。一个月下来，回城时带走了十几盘拉鱼号子录音，还有海上传奇，都是原汁原味。

据考证，小城历史上出了一个古怪人物，叫“徐市（福）”。他以为秦始皇采长生不老药为名，带三千童男童女东渡日本。关于他的传说遍布城乡，《史记》上也有明确记载。搜集这些资料，考察古人行迹，成了我和朋友的大事，以至于兴味盎然十余年。我们想找一个徐市出生地，找了个叫“徐家庄”的小村；想找一套完整的徐氏家谱，结果发现一卷又一卷。徐市传说、研究文论，搞起了几百万字。我们终于领悟，与徐市相关的是整整一个时代：秦王统一中国的时代，焚书坑儒的时代，大变迁的时代，各种力量交织一起的时代……徐市故事可不单纯。我们走近了徐市，就是从粗枝大叶的历史观中走出。我们真的受益不浅。什么时候接近过如此多的隐秘？什么时候抓起了这么多的“民俗”？什么时候又沉浸于这般深的史海？我们在小城荒郊挖掘、考古、鹦鹉学舌，直到皱纹爬上脸颊。

后来我们参与盖了一座徐市祠，塑了一尊高大的徐市石像。动手的艺术家都是海内一流人物，而且个个敬仰徐市。

正史记载的徐市与道家一脉，称为“方士”。可是我们都知道这是徐市的骗人之方。他是个心气高远的人物，大隐隐于市而已。远渡重洋，远抵日本，建国立城者，岂止于一介“方士”？“平原广泽，止王不来”，我去日本时脑际一直回响着《史记》上的这句话。在狭窄的日本国土上寻找美丽不难，“平原广泽”呢？我看到了徐市传说最盛、遗迹处处的佐贺，双眼立刻一亮。这就是一片“平原广泽”。

日本的文化，无论如何与中国文化，与我所置身的小城如出一辙。一切的风俗之中，相似相通何止十之七八。食生鱼、炕上盘腿吃饭、古服饰……更不用说文字与建筑。小城的徐市，我们就这样相逢于这个世纪末了。

我的一个朋友从遥遥西部来到小城定居，极善诗文。他写了许多“徐市诗”。深夜郊外听他吟诗不息，必有激动生出。而且我耳听弦外，听到了另一种鸣响。

朋友中有个诗人，这在物欲大盛之年当是幸事。多少次不记得了，在风雨之中，在乐观赶走悲观的时刻，我的朋友高声吟哦。我们则一声不吭。大家都知道：他在用大声压抑风雨之声……

1998 年 3 月 4 日

一 条 有 树 的 路

我们多么渴望有一条浓荫遮蔽的路。有这样一条路，大家来走，大家都会幸福。可是我们居住的地方一般不可能有这样一条路。我们也很少看到这样的路，更不用说拥有了。我们甚至不能够一饱眼福。

不过这样的路也不是没有。它一般都是藏起来的，藏在一些被隔离出来的地方，一般人想不到，做梦也想不到。我们的国家其实是有这样的路的。

好好用心去找，就能找到。不过一般的人都忙着自己的衣食，哪有找一条路的心情？

有时候，不经意的一瞥，说不定就能看到这样的景致。那时双眼立刻就会一亮。我们会在心里感叹：这是多么好的地方啊，住在这里的人会是多么幸福、多么健康。他们是谁？他们为什么能住在这样的地方？浓浓的林荫路的后面，不远处，往往又闪烁着红瓦顶的小楼。

赶紧走开吧。

我们所居住的地方，过去曾经有很多树。这一点上，一些上年纪的人会告诉我们，会出来做个证明。后来，是因为有一些人不喜欢树，就让人一点一点砍伐光了。他们为什么不喜欢树，这是我们许久都搞不明白的。竟然有人不喜欢树，甚至于发展到仇视树，把它们一棵棵地砍光，这真是一件怪事了。不过这是真的。有谁怀疑，那就让上年纪的人来讲讲过去吧。

很多老人讲起过去的树、林子都满怀深情。可见树在人的心目中并非可有可无的东西。而在有的人眼里，树算什么！据说首先是要解决温饱。这本不错。温饱都解决不了，还谈什么树？不过那些最爱把温饱挂在嘴上的人，又往往是最能够大吃大喝、穷奢极欲的家伙。这不是一对矛盾吗？还有，我们应该问一句，树与温饱真的就是那么水火不容吗？

这一问我们就找出了破绽。因为我们很容易就会发现，那些没有树的地方，往往也是真正的贫穷之地。而哪里只要树木葱绿，哪里就一定土沃人丰。

土地是否肥沃，固然有一个天然地理问题，但也不可否认，也还有一个维护和培植的问题。人类的愚蠢把一个水草丰润之地弄得寸草不生，这早已是屡见不鲜之事了。

由此我们看出，有砍树癖者不是解决温饱的人，而是使千千万万人遭受贫穷的根源之一。

但因此就简单地判定，说那些把树林搞光的人厌恶树木，回避绿色，又有点冤枉了他们。因为他们总是设法让自己住在一些树林葱茏的地方，而且还要用一道道高墙围起来。他们对浓绿如此地贪婪。他们要将绿色据为己有，完全地独占独享。

我们长期以来就是寄希望于这样的一些人来解决温饱。最后的恶果就是，我们自己弄得连一条有树的路也找不到了。这真是一个极大的讽刺。

让大家都有一条树木葱茏的林荫路走一走，这个要求大概并不过分。可是要做到，却比登天还要难。

要真正地获得这条路，首先得从心上去找。这里不是说要借助于想象才能满足的意思。这里是说要从心里认定和寻找失去这条路的根本原因，就是说要有一条正确的心路。

1998 年 4 月 6 日

犄角：人事与地理

我多次讲过，这儿从地图上看就像一个犄角，小得可怜。可是当你走进来，当你面对它的时候，又会觉得自己十分渺小了。它像我们经验里的任何土地一样丰腴、复杂、烦琐；你像一条鱼跃入了海洋，一天天与它耳鬓厮磨。当你想到有一天会离开它，疏远它，记忆它，那么你就想在手边划下一点什么。

匆忙的生活常常让我们张皇紊乱，可我们还是有对付生活的一套完整的办法。所以我们才活下来，痛苦下来也欢笑下来。我们过得可真不容易啊。

我们又是谁呢？是大家，是这个犄角吗？

黑松林

有人总愿把这片林子说成是什么防风林，还有人说成是国防林；而通海的宽一点的路也被叫成了国防路。这提醒我们是来到了大陆边缘。

黑松沿着海岸生长，密匝匝黑乌乌，没有尽头。也许从空中往下看，它是一条长长的带子；可是当我们走进了它的内部，却感觉不到纵向和横向的区别，总是一片浑浑苍苍：浓绿、苍黑、幽暗。动物咕嘎大叫，里面有兔子，鹰，各种鸟儿。鸟窝就搁在头顶的枝杈上。这里几乎看不到人。当然最多的是松树。

在松林的某个局部，冒出一片槐树或杨树柳树——像是一个完整的民族板块中得以繁衍和生存开拓的少数民族。但这儿几乎所有的北方植物都能找到：灌木、小草，甚至是一部分浆果和百合科植物。洁白的沙子上散落着一颗颗野兔粪便，说明它们人丁兴旺。有一些植物的茎秆被兔子们啃去了皮。一个刺猬死掉了；一个兔子显然是遭了鹰鹫。

这里最多的是一种钢蓝色的鹰。它们远远看去很像温顺的鸽子，体积也大不了多少，只是飞起来，一展两翅就显出它们的野性和勇捷。这里很少能看到苍鹰，但那种钢蓝色的鹰是否就是袭击野兔的鹰，还不能让人肯定。

我自己，或约上一两个朋友，每星期至少要到这片松林里来一次。

小时候，我在松林南部的一所小学上学时，常被老师带领来海边参加林场劳动。那时就在沙滩灌木的空隙里插种小小的松苗。浇水、掘坑，许久之后再回来补种那些没有成活的松苗。这样一直到毕业上中学。

当时记得灌木丛中就有一棵棵茂盛多杈的长成的松树，推算起来，现在它们应该是很大了。可这会儿就是找不到它们。

我和朋友讨论了一下，他说当年我们栽的那片松林或许在更西边一点，离这儿还要有十几公里。

记得当年主要不是松树，整个荒滩上更多的是杨树和槐树。它们有时密得不能下脚，要穿过就得耐心地寻一条小径。这儿纵横交织的小路都是由打鱼人踩出来的。那真是细如羊肠。

冬天，厚厚的大雪覆盖，你要寻找这样的小路，摸到通向大海的渠岸，真得小心翼翼，试探着往前走。那些寒冷的、一生都不会忘记的、呼出一团团白气的早晨和傍晚，我常常在此地流连——只有我一个人，现在也想不起是来寻找什么，在这片荒原上徘徊。我一次次纵向穿过整个海滩，走到白雪皑皑的高耸沙岸上，望着没有一只帆船、没有一点人影的海面，看着海浪在沙岸上的拍击、伸缩不停的水……

南风吹起，林子发出了呜呜的声音，这就是松涛。仰头看微微摇晃的松枝上刚结出不久的松塔，心里涌起一股爱怜。往前走，红色的尖顶别墅出现了，会享受的当代人并没有放过这片松林。一路上不断发现被砍伐的松树——那一刻的巨大疼痛使它渗出了泪滴。这黏稠的泪滴就是所谓的松脂——或者也可以理解为精髓和血液……还有随处可见的一个个偷沙者掏出的沙洞——这些沙洞坍塌的时候，四周的松树都要遭殃。这显然是那些建别墅者留下的痕迹。

我们还遇到一只死于难产的母兔。当时它伏在那儿，刚死去不久，笨重的身子还是一副正在用力的姿势，胸部是变大的准备哺育的乳头。我们双手托着它，找一个沙坑掩埋了。

我们的鞋子上落满一层黄绿色的花粉，鼻孔里全是各种野花的香甜气味。

我觉得这是整个海滩平原上最让人留恋的地方，它代表了我的过去，甚至是未来。比起这儿，一切都显得微不足道了。得失荣辱，一切都不那么重要了。在这儿回想过去，设想自己的老年，在这儿劳动和追忆。这简直是了不起的奢望。想得太多了并不好。

我为这儿付出了什么？将要付出什么？一切也都要好好去想。

由于没收了枪支，打猎的人没有了，所以各种动物，特别是野兔，能在这儿纵横驰骋，扑棱棱飞动；但由于没有收起一些人的铁锹、锯子和斧子，松林于是还在死亡和伤痛。

我总是把它看成自己的松林。追溯到许久以前，从老人的口中我们得知，原来的这片荒原上林子比现在高大茂密一百倍。那才是无边的森林，很可能是原始林。经历了几场战争：民族战争、国内战争，一次又一次的政权更迭……各种各样的政权尽管差异很大，可都没有保住浓密的林子。结果它们还是没有了。许多神秘的故事，伟大的人物，不可思议的向往，都随着这片林子一起消失了——甚至没有多少人去记载这一切——它的历史。

最美好的事物，就这样湮没了。

夜　哭

告诉这神奇故事的，是几个神情沮丧的男人。其中的两个二十多年前我就认识。他们显然不会说谎，不会骗我。

果然，在后来的另一个场合，我又听到其他人讲了相同的故事。

几个中年人因为要为一个养殖海产品的老板打工，大多数时间住在海边的一座茅屋里。他们在那儿养了鸡鸭，陪伴他们的还有一只大狗。这当中有个十八九岁的男孩，皮肤黝黑，细细高高，头发黄而柔软，大眼睛。那只大狗是他最好的朋友，只要有这个柔软纤细的男孩在，那么它就一直偎在他的身边，仿佛压根就想不起还有另外的人。

小伙子水性特别好，他离不开水，从初夏到深秋，劳动之余有一多半时间是泡在水里——人们一抬头就能在长长的沙岸上看到一个穿着短裤的细细溜溜的小伙子，他在水中出没、在岸上走动，那条大狗就在身后追逐跳跃。到了播种和收获养殖品的时候，这儿的人要比往日多上几十倍。大多是女人，是姑娘和媳妇。她们一个个围着头巾，戴着胶皮手套，在海边舢板上不停地劳作。

她们其中的一个或两个姑娘，最愿和那个细细溜溜的小伙子说笑打闹。

特殊的季节过去了，女人们又回到沿海村庄去了。从那时起，茅屋里的中年人都发现细细溜溜的小伙子常常走开，要在深夜才回到茅屋。那只大狗总要焦急地等待，发出一声声低吠，长长的鼻梁指着月亮。

大约一年之后，他们都听说村里的一个姑娘死去了。她长得太美，太特别，神情举止，衣着，还有性格，几乎每个地方都招人议论……有一次老板在酒后长时间地盯视她，那目光啊，他们不敢想。

那只大狗环绕小伙子跳跃，他再也不理它了。大狗只得沉默下来，坐在那儿一声不吭。

还是日复一日的劳动，是一次次摇着小船到近海巡视，料理那些养殖品。

一个很平常的中午，几个人正在茅屋里午睡，忽然听到那只大狗猛烈扑打门板，凄凄狂吠。他们惊坐起来，一开门，那只大狗就往身上扑，吼叫，有好几次还把前爪搭到他们肩上。

它领他们冲出屋子。

他们很快明白了。茅屋西边，一百多米远的地方有个蜷曲的黑点——这时候他们记起那个小伙子已经好久没有回来了……他们跑过去。不出所料，正是他。

海边阳光强烈，盐水在他的头发和黑色皮肤上已结出白色颗粒，嘴唇焦裂——那曾经是一双怎样招人疼爱的嘴唇啊。他眼睛紧闭，长长的睫毛根根直立；蜷在那儿，身体仍然是那么柔软。

几个人把他抱起来，好像第一次发现这个伙伴的体重这么轻。

几天之后，他就待在离海岸几公里远的一片灌木丛中，那个崭新的坟头下面了。他们故意把他埋得远一点儿，他们都知道他该离茅屋远一点儿。

大约过了半年。有一天晚上他们正在睡觉，半夜，其中的一个被一阵哭声惊醒。这是女人的声音，好像就在茅屋旁。其他三个人也都惊惧坐起。那只大狗当时正睡在屋内，它一声不吭，竖起两耳，像他们一样坐着。

他们带上手电筒，特意给那只大狗戴上链子，牵着它一块儿走出。茅屋旁没人，哭声仍然在响，可是前边也看不到人影。他们循着哭声往前。记得当时明月高悬，海浪平静，沙滩上什么也没有。他们先是往西，然后又往南，走过浅浅的一层树林，就忘记了方位，忘记了要往哪里走。只是这哭声吸引着他们，走进一片浅浅的草地。

茅草被月光照得煞白，四个人心上猛地一动：是那片灌木丛。他们把手电揿亮——其实根本用不着，月光亮着呢。那只狗瑟瑟发抖，毛发直立，后来干脆一动不动了。

都止住了脚步。手电筒掉在地上。

前面就是那个坟头，坟前有一个女人，穿着洁白的衣服，长长的头发从肩部披散到后背。是她在恸哭，一耸一耸地哭。她像丝毫没有察觉走近的四个人和一条狗。

那狗仍旧一声不吭。

他们离那个女人仅有十几米远，都看得清清楚楚。就这样站着，忘记了时间，全身僵直。不知过了多久，哭声戛然而止。

再往前看，只有一个坟头——女人没有了，什么都没有了。

他们仰头看看月亮，再看看那只跳起的狗，捡起手电筒。

这就是整个事件的经过。他们忘不了那月亮，那哭声……

两个岛屿

它们是在这个犄角行政区划内的两个岛屿：一大一小，大的实际上也小得可怜，大约只有两平方公里；那个比它更小的岛就在半里之遥，是它的卫星岛。这两个岛与犄角离得很近，大约只有一刻钟水路。大晴天里，站在海边看去，那两个岛屿近在咫尺。

岛上的人要到大陆来，大陆的人要到岛上去，结果在水上交通很差的年代里，就发生了很多悲惨故事。午夜接送病人，新婚夫妇往来……总之围绕这一类的事情常常发生一些可怕的灾难。也正因为这样，那么美丽的两个岛，直到现在还有人惧怕去那里居住。出于自卫和自守的心理，岛上的姑娘也不轻易嫁到岛外去。而这个犄角上的姑娘没有极特殊的原因，也是不会嫁到岛上去的。

岛上百分之九十都是渔民。男人出海打鱼，生来就是这样的命运。女人在家里补缀渔网，料理家务，或者种一点小得可怜的菜园。男人的性格个个强悍粗放，而女人却出奇地绵软贤惠，几乎个个如此——起码在我所遇到的人中，是个个如此。

读高中时候，有一次为了完成一个写作任务，我和另一个同学在海岛上住了半月。我们同班的一个女同学恰恰在这个阶段因事返岛。她很高兴我们能来岛上，特意为我们逮了不少螃蟹，采来海贝和各种海菜——记得她当时提着一个瓦罐，瓦罐的系子是草绳做成的，就这样把煮熟的海鲜提给我们。

通红的螃蟹，以前从未见过的大海贝，冒着热气的瓦罐，一起摆在桌上，鲜气逼人。她在旁边微笑，很少说话。偶尔说一句，声音软得像南方人，可又比南方人更低更细。

她那双美丽的眼睛看着我们。我们把她的礼物打扫一空。

后来我们大约两三次跟她到海岛的最东部去玩。那儿退潮时有一片青色的石头，搬动那些大石头就能找到螃蟹，甚至是海参。海参是这一带最珍贵的海产品，它不同于南海和东海，以及其他各地的海参。在人们的印象中它是最名贵、滋补性最强的一种海珍。记得那一次我捉到了一只海参，握在手里不舍得丢弃。可只过了一会儿，张开手掌一看，它差不多全化掉了。

后来，高中还没有毕业，我就去了南部山地。我成了一个山里人。

再后来我又去更远的地方读书，反正是离这个犄角越来越远了——当有一天我归来的时候，站在海边，看着海雾蒙蒙中的那两个岛屿，突然想起了当年那位女同学。

我发现自己今天还在怀念她。我记得以前从山里回来时也曾想起过她。

人的一生最大的幸福也许就是争取和真正温柔的人生活在一

起。生活的风雨总是太猛烈了，在这种猛烈中，应该有那样的一个人在身边。

我多次去那个岛。过去的一切痕迹大约都在：岩石，稀疏的麦苗，还有靠在海湾里的大船，铁青色的大船，一闪一闪的灯塔，忙碌的头上包着纱巾的女人——此地唯独没有她的影子。

她离开了，她到海岛以外的地方去了，到很远很远的地方去了，带着她呵气似的声音，带着她绵软的性格和那一双特异的美目。

我为什么没有及时返回？坎坷的生活啊，人要挣扎，一挣扎就要耽误重要的事情……

那个卫星岛听说至今没有一户人家，是个荒岛。人们为了救助海难，曾在岛上盖了一座茅屋。后来茅屋也塌掉了。有一段时间听说岛上有很多野猫，又过了一段听说猫也没有了。

我要到那个卫星岛上去，渔民说不行：两岛之间有一股激流，除非绕过这股激流，绕很远才能到那儿去，很麻烦。

岛上只有一口淡水井，却是一口最甜的井：犄角上所有的井都比不上这口井甜。

蓝眼老人

我第一眼见到他实在是吃了一惊。如果他在蛮荒里出现，那我准会把他当成一个外星人。老人个子很矮，不会超过一米六五，而且真正是瘦骨嶙峋，衰老不堪。实际上他只有六七十岁。他走起路来蹑手蹑脚，像踩在云朵上一样颤颤悠悠。我注意到他露在黑色袖管外面的一双手和一截胳膊，其皮肤皱得厉害，近乎透明，青青脉管清晰可辨。整个的人都说明他营养极差，手无缚鸡之力。他的体重大约还不足四十公斤。他身上最显著的部位是头颅，从整个身体的比例上看它显得有些大，圆圆的。

他戴着一顶破旧的鸭舌帽，非常爱干净。一副眼镜属于古老的样式。最使我感到异样的是那双眼睛：竟是蓝色的，或者是灰蓝色的，很大很圆。可能给我外星人那种感觉的，首先就是这双眼睛。他看着我，神情非常专注亲近，但带着一丝警觉。他伸出手，用力握住我的手——手力很大，就像整个人一样令我吃惊。

我见到他的时候，他正经人介绍，受雇于某个部门做史志编撰工作。这使我们有机会相识。

很长时间以来他都是独身一人。好像他在这个犄角上来来往往，干什么都可以，干什么都可以活下去。难以想象的粗活，以至于眼前这种需要文心纤细的工作，对他来讲差不多都是一样。我常看见他手里拿着一个阔口搪瓷缸，在长廊上旁若无人地走着。如果我们偶尔打个照面，他就赶紧扶一下眼镜，伸出那双瘦削有力的手。

他曾经是一位教师，教过小学和中学，后来又不知什么原因失业了。在混乱的年代，原因总是很多的。有很长时间他不得不流浪打工，甚至靠讨要度日。他在教书的时候结识过一个女人，但她不久就离开了——同时还让他失去了住所，所以当年有一多半时间他要在牲口棚、打工者的通铺或田野的草垛中、庄稼地和泥沟里过夜。秋天的泥沟往往铺满了落叶，那真是流浪汉的好去处。

人们说最奇怪的是，当这个人从一些肮脏不堪的地方钻出来时，身上总是非常洁净。他全身上下未沾一丁点草屑和泥土。他常常几个月的时间弄不到一分钱，但即便这样，也没人发现他从果园和庄稼地里偷过一点食物。他的食物都来自劳动，或直接的乞讨。在他眼里，乞讨同样是一种体面的、讲得过去的职业。

也就是在这样颠沛流离的岁月中，他遇到了又一个女人，一个命运和他差不多的女人。他们一起游荡、找事情做。这时候他才觉得应该有一个固定的居所。于是他就立志要盖一座房子。这对于他简直是个太大的奢望。可是他执拗得很，每天有一点儿时间，就在收获过的庄稼地里忙碌。原来他在寻找遗落的砖块石头。他不停地收集，大约用了一年多的时间，就攒起了足够的砖石。接着就开始垒屋。有那个女人做帮手，但大多数时间还是他自己。自己设计，自己打基，一点一点砌墙。他还去海边，以惊人的耐性等候潮起潮落，寻觅海浪推拥上来的一些木杆，作为梁木和檩条。

墙砌得很高了，要开始上梁了。这倒是件难事。他琢磨着，琢磨出一种最原始的办法：堆起一些沙土，堆得像梁头一样高，然后再把木杆费力地滚移上去。

当所有的工作完成之后，再把围在四周的沙土一筐一筐移开。就这样，三间屋子盖起来了，他没花一分钱，却耗去了两年多的时间。

新房落成的同一个月份里，他们有了自己的孩子。女人没有奶水，他就到海河沟汊里寻一些富含蛋白质的动物。那个饥肠辘辘的年头，他为养活自己的孩子真是费尽了心思。而他自己吃的多是菜叶，是一些食物屑末。有一次他发现了一只中弹死去的野兔，就把它腌制起来，每天割一小块给哺乳期的女人做汤。一年之后，他的女人还是死去了。他把女人亲手埋葬在离新房子不远的地方。孩子由他一手抚养，也成了他的全部心愿。

孩子好不容易跟他长到了三岁，最后却因为一次严重的食物中毒，抢救未成死亡。孩子也埋在了母亲旁边。

像刚开始一样，剩下他一个人在大地上徘徊。

在贫困到极点的生活中，他仍然想为别人做点什么，一直想。因为他觉得自己不能这样白白度过宝贵时光。做点什么？他简直是挖空心思。他认为最难的，是做任何有意义的事情都需要花钱，而自己却一贫如洗——那么在没有钱或钱很少的情况下又能做什么？他想了很久。

有一次，他在一个村镇夜晚的场院上看到了放幻灯片，似乎从中受到了启发。

然而放幻灯需要一台机器，需要电，这些他都没有。想来想去，他用捡来的木头做了一辆地排车，又像琢磨盖屋那样动用巧思，在车子上做成一个暗箱，两端再挖上方孔：当这车子支起时，两个方孔就与太阳形成了一道直线——光源有了。他又把自己收集的一些碎玻璃片切割成大小统一的一叠，细细绘上故事，一一插到暗箱的方孔上——这就可以在遮光的一面墙壁上放出幻灯。

这奇特的装置被他拉着走遍了大街小巷，吸引了一批又一批孩子，当然还有许多老人、成年人。他在幻灯片上绘制的都是一些科学常识、模范人物。

他这个工作做了很久，人到哪里车到哪里，一场接一场放幻灯片——这样一直延续到被聘去做史志编撰。

于是他有了一点儿工资。微薄，却令他极为珍视。他从食堂打饭，从来都是一块咸菜一个窝头，几乎把所有的钱都省下来。一年多的时间里，他竟买来了成套的外语教学录音带和课本，以及其他书籍。他把这一切都小心地包好，放在柜子里，说将来有一天要把它们送给一所学校。

因为机关减员，到处人满为患，这个老人的去职只是个时间问题。可他自己并没想到这些。因为他在走廊上步履依旧，神情依旧。他根本就没有失业的忧虑。

到时候他又要回到野地里去了，回到那个空荡荡的屋子，像过去一样：身上没有一分钱。

这是肯定的。但同样肯定的还有，他仍然会活下去；而且只要活着，他就会想方设法去做一些对别人有用的事。

到现在为止，我走过了多少地方，遇到了多少人，各种各样的人，但仔细想了一下，还是第一次遇到了这样一个人：在努力活下来的同时，只想做一些对别人有用的事，只为不能更好地帮助他人而忧虑。

大写家

许多人都向我介绍：河边的某个村子里出了一个会写书的人，他写了很久，很多，看样子还要一直写下去。这当然引起了我的好奇。结果我就认识了这样一个人。

他有五十多岁，长得出奇地健壮，头颅很大，几乎呈四方形；脚大手大；说起话来声震屋梁；目光尖利，生气勃勃。他留了板寸头，几乎没有一根白发。他走起路来，脚板跺地咚咚有声，别人要一溜小跑才跟得上。

说到写作，他几乎对一切写作者都持怀疑态度：在他看来那些人不过是写写玩玩，没有多少意思的；而只有他所进行的工作——不停地写作——才无比神圣。

他写的书从未出版过，好像也没有这样的打算。他只是写。据他最亲近的朋友讲，只有他们这些身边的人才能一饱眼福。

他写得到底怎样呢？我问他的朋友，他们都毫无保留地点头，流露出无比的钦佩，都说："那才是个大写家呀！你去看看就知道了，那是大写家！"

我们结识后，直到过了很长一段时间，才可以和他讨论一些具体问题，可以从容地交谈，彼此再没有多少防范。

他的家紧靠河边，在桥与河相交的直角位置上建了一座小土屋。这是土坯垒成的一个地堡式建筑，从外面看主要是一个长方形的大窗子。墙很厚，做了大窗台，上面摆着各种各样的小商品。从窗口那儿望进去，里面黑漆漆深不见底。最奇怪的是根本就没有门，你要进入他的家，还要从这个地堡式的四方窗洞爬进去。

他有老婆，一个孩子，孩子像他一样留着板寸头，头很大，身体却非常细弱；也像他一样，长了一对尖利利的大眼睛。大写家一多半时间就在这个四方窗洞前坐着，招呼过往行人，卖一些零碎商品。他起身招呼我的时候，就让孩子顶替自己的位置。在他的帮助下我才爬过了四方窗洞。我往里看去，努力调整自己的视力，这才看清里面还有很远很大的一个空间。我不明白的是，他为什么不多开几个窗子？

原来这个地堡模样的屋子内，一角有一个很大的土炕，这是用来过夜，看护地堡里的商品的。再往里才连接着这个平原上最常见的那种小房子——可能是一个南北向的厢房；穿过厢房东拐，这才到了一个稍微高大一点儿的正房。这是他真正的居所。

从地堡到厢房，再到正房，这其间没有一点露天的地方，全由过道、门和窗串联起来。所以很像走进了一座迷宫。

他的爱人长得也像他的孩子一样单薄，齐耳短发，圆脸，笑嘻嘻的，露出一对豁牙。她总是怀着无比敬慕的心情看着自己的男人。从她说话的口音上可以判断出，她是从南部山区来的，那儿是极为贫困之地。当她的男人与我讲话的时候，她就自觉地退到黑暗里去了。

我们每次总要先在厢房里坐一会儿。这里摆了大大小小的木箱，仍然有一个地堡里的那种大土炕，炕上是油黑发亮的被子。我们一起上炕，盘腿而坐，中间就是那床被子。他挥动着手掌给我谈写书的事情，谈到高兴处把那些木箱一一拉开——真正的奇迹出现了。

原来所有的木箱里都装满了他写的东西。一叠叠纸用黑线白线仔细订好，积了一摞又一摞。看那字迹有大有小，但一律工整。有的写在糊窗纸上，有的写在信笺上，但更多的是写在一些包装纸上，甚至是写在水泥袋上撕下来的皱牛皮纸上。从写作时间上看，越往后他的用纸越趋于讲究，但总的看还是五颜六色。我发现染成红色或绿色的标语纸用得最多。这些文字可以看成小说，也可以看成散文，更多的是各种文体混用。这么大的文字量，我想任何读者都要望而生畏的。我暗自把几个木箱简单估量了一下，认为这儿至少要装了上千万字。

我问他平时做些什么——除了坐在窗前。他说写呀，白天和晚上都是写呀。

从屋内的情形来看，他的生活简单到了极点。这使我又一次想到，人的生活有时候是可以极其简单的，人为存活而需要的物质，有时候是极其简单的——而这时人的劳动量却常常是真正令人惊讶的。

我们很少讨论这些文字的用途和动机，因为这似乎都不重要了。

时间久了，当我们更熟悉一些的时候，他才较多地把我领到他的正屋——那儿稍微明亮一些，使我可以更清楚地看着他那张又生动又严厉的脸。我发现这张脸至今还没有多少皱纹，油亮，闪着光泽。近一些看，他的神情原来是这样的善良而诡秘。

正屋里还有几个花布包裹，他在把它们解开。

我吓了一跳：又是一些写满了字的厚厚的本子。

南山四月

在那个犄角上，我从小看到的南山就是蓝色的，像天空一样的颜色，或者更蓝。它是整个犄角的最南部，像最坚硬的一道镶边。南山对于童年是一个美丽的想象，而对于成年人却往往是一个贫困的象征。“山里人”“到南山去过山里日子”，这样的讲法让平原上的人都多少觉得有点可怕。我后来当然不止一次到过南山，为生存而去，为跋涉而去。当然我不得不和大多数成年人取得了一致的看法。

山地需要攀登，需要付出更多的力气。在这里收获食物要比平原上困难多了，这就使我们无暇顾及它的美，它的特别的美。

这一年四月有外地朋友来，有人提议到南山去看花。他们的热情使我不好意思拒绝，但一路上却想：这会是一次无聊的南行。那里又不是花园，有多少花可看？那里顶多会有几蓬野花、几株果树。

汽车往高处行驶，渐渐进入丘陵。公路爬上山的隘口，一瞬间让全车的人眼睛一亮，几乎一齐脱口喊了一声：“看！”

高高矮矮的山岭上到处一片雾霭——不，那是繁密的花海迷迷蒙蒙，它们正顺着山岭起伏，很像流动缠绕的雾气。只是它有灿烂的颜色，有芬芳的气味。洁白的梨花，红色的桃花，稠稠的李子花——主要是梨花，所以我模模糊糊想起这儿有“四月看梨花”的说法。

这种美是人工造成的，由山里人一手培植。可这需要时间，需要耐性。山里人花了多久的时间才在这贫瘠的山地上培植出这么大一片花园。这样的光色只有在图画里才有，而且我相信，任何一个高明的画家也画不出南山四月——一张大幅轴画这会儿呼啦一下展开在这个山地隘口上。

大家走下车来，一时目不转睛地看。我好像觉得自己内心深处一些特别的追索，一些不可企及的需求，都在这时候得到了某种印证和满足。它仿佛在给予提醒：有一些境界是存在的，有一种表达是可能的。

全是花。山岭上没有人，只有花，只有安静透明的阳光和流动的气味。偶尔听到水声，细小的水在山涧，在石板的空隙中。有些石板像一张张巨床，不规则地罗列在那里，水就在这些巨床缝隙间流过。

只有四月才是这样。那么五月六月或金秋时节呢？那时候是浓绿，是果实，是成熟的负载，是绿色的屏障，是另一种美。

南山好像一种浪漫艺术，比如说一台浩瀚的歌剧：先是喧叙的冬季、合唱与重唱的初春，到了四月就有了长长的激越人心的咏叹。

它美的重心和力量放在这里了，让你激越，让你领略它的不安、颤抖和深邃。

它在让我想起小时候，还有，想起成年的印象和感觉。

无边的喧叙过去了，四月的咏叹来到了。我远远地跑来犄角，又跑到它的南部山区，原来就为了这场倾听……

水　怪

这件事也发生在南山。所谓“南山”这个概念，在犄角平原上有一个固定的指向：南边那一溜深蓝色的镶边；它的后面差不多等于异国——一个特别偏僻和陌生之地、神秘之地。直到交通特别发达的现代，犄角平原上的人提到这两个字，还时不时地流露出一丝轻蔑。

我有时想，生活在山地的人要获得一种尊严可真难啊。因为在这儿，所有的尊严都被高耸出地表的坚硬岩石给领受了，在它脚下活动的一些生灵就难以享有了——他们在高地上摸爬、攀登，还有，为了维持自己的生命所投入的一代又一代的拼力挣扎，都成了某种低下和卑贱的证明。

大约是 1957 年和 1958 年间的事情吧，那时候动员起千千万万的人，在南山一条纵向大谷里实施了一个惊天动地的工程：修建一座蜿蜒百里的大水库。

工程完成之后，即便是干旱季节，这里还是水汽缭绕。因为山落水，溪水，各种各样的水，都在这儿打住。一条水坝使四下的水在此储存起来，不到万不得已是不会被放掉的——现在放水的机会更是越来越少了，因为天越来越旱。雨雪的减少，在犄角之地是人人谈论的事情。上帝很神秘很缓慢地进行着这个过程：削减雨雪。

反正是离开了水，这个犄角就会失去丰饶；而丰饶，从来都是这个地方的自尊和自豪。但南山那片大水还在，我去看过。它走近了像一个湖，离远些像一条江。没人听说这片大水有干涸的时候，所以它的基底，深处，就足以掩藏了什么——这让人去想象，甚至不仅仅是想象——因为不止一次，居于大水两侧的山里人发现了从水中冒出的怪模怪样的东西。他们笼而统之喊它为“水怪”：巨头，粗颈，从未见过的五官和肤色。有的描述成狰狞，有的则说它憨态可掬。但致命的问题是，所有的目击者都只看到了它的一个头颅，顶多是一段颈部和浅露的一小块脊背。

冰山的雄伟是因为四分之三在水下，水怪也是一样。它巨大的躯体只好留给想象了。

这片大水由一个水管所管理，有一些国家正式工作人员为它服务。可这些人却没有一个见过水怪，但又没有一个没听过它的传说——看来一切都要依靠群众，不论是战争年代还是和平环境，就连对自然现象的诠释也不能例外。群众见过水怪，而且言之凿凿。

我怀着朝圣般的心情看着这片大水，因为它凝聚的劳作，它的辽阔，还因为这个传说。我也询问了一些目击者——其实真正的目击者微乎其微，但总还算有。

夜晚我住在那儿，享受着从大水中漫过来的湿气，嗅着浩瀚的淡水所散发出的特殊气息，听着“嗵嗵”鱼跳，还有不知名的傍水而生的动物的“咕咕”叫声。环湖有多少奇怪的生物，它们在不停地奔走、窥探。像海边和湖边的渔民一样，它们也在打这片大水的主意。有一次我甚至在湖边上看到了一双蓝幽幽的眼睛，那是豹子、山狸或其他？都不知道。它悄然消失在无边的黑影里。枭鸟孤单的鸣叫声让这里变得可怕。有一些甲鱼爬上岸来，一直逗留到清晨，让沿湖散步的人把它们赶到水里；而有一些贪婪的人就随手捉走了它们。据说甲鱼是有灵性的，犄角上的人，特别是老人，对其心存敬畏者不在少数；而那些新兴的现代青年，还有所谓的企业家和小官人，只是将其作为营养美味和增加力量的滋补品，大啖一通。

这个水怪如果真的存在，那么它让人发生疑问的至少有这样几点：一是它从何而来，是否在此繁衍？再就是它到底有多少？是不是河马、鳄鱼或类似的东西？

但即便是后者也足以让人称奇。因为从来没人听说过犄角上的任何一个地方出现过它们的踪迹。

高山水库

不同的时期总是产生不同的奇迹。奇迹无不打上时代的烙印。比如说这座高山水库——它在这样的一个时代也许不那么时髦了；可是正像许多不时髦的事物一样，它曾经是至今也仍然是生活中必不可少的一种存在，而且随着时间的延续将越来越证明其强大和不可取代。

时髦的事物往往是新颖的、快速流变的，大多数时候也是缺少根底的。比如说它就不像这座水库，像它高大的石坝——那是用最优质的青石一凿一凿凿下，由众多的人非常耐心非常齐整地在两山之间砌起来的，它的高度比北京的工人体育馆还要高上许多。让人难以置信的是，它就是由山脚下那个不大的村庄，或者再加上另一边那个小村庄——就是这两个村子的人亲手设计，亲手开凿石头将它垒起的。那是几个严冬和几个初春的故事，或许还包括了一个夏天的故事。

这些小村里有一两个坚韧不拔的人，他们有些特别，执拗得很，要改变山地。上帝说还应该有水，于是水就有了。但上帝让水自由流淌，这就损害了山里人的利益，使他们更加贫瘠。于是他们想说：我们村子里要有水。

于是水就有了。

几个山峰之间形成一条沟谷，他们就在沟谷的一端垒起了这个高大石坝——走近了让人望而生畏，退远些它又像是垒在山中的一个巨大石碑。

它上面真的好像写满了密密麻麻的字，记载着什么；当然，那只是勾对严谨的石缝，是交错的纹路，是凿子的印痕。有多少印痕谁也数不清，不过每一道印痕都是一连串的击打，都能听到砰啪锤声，都能看到火花四溅。当年的男女老少就由那一两个特别顽强的人率领着，到大山上来了。

据说在冬天，这儿扎下一片营地，扛石块的人排成一队往上攀登……完工之后他们又垒起了长长的石阶，顺着这石阶可以走到大坝顶端，在坝上看这一片蓝幽幽的可爱之水。多么清的水，碧蓝碧蓝。只有大山的落水才会这般清澈，只有这一片秀美干净的山才会积蓄起这样多的好水。这是我在很长时间里所看到的最美的一片水。

看来，人世间有一些精神可以集中起来使用。精神集中起来，肉体再跟上去；肉体跟上去，力量就跟上去。就是统一的力量才修起了当年埃及的金字塔、不可思议的宫殿；还有长城，还有精巧而巍峨的石刻艺术。这些都不需要说明，因为最简单的例子就在眼前。现在的山区和平原再也难以出现这样的大坝了，因为人们把精神分散开来：有时候它们各自独守，有时候它们又合成一小股一小股，从事与其力量相匹配的那种创造，或是游戏。

有人讲，集中起来的精神会产生极为悲惨的故事。当然是这样。不过也可以不产生。比如说修筑这座水库的时候，那么多的人，那么多的欢歌，那么多的辛苦。这里包含着那么多的友爱，甚至是爱情。有些爱情是很美的，人们至今铭记。还有在营地里讲述的故事，人们也仍然记着。

有一次我和朋友从水库大坝上下来——我们扶着栏杆小心翼翼地走，踏着精心修筑的台阶。朋友吓得手足都抖，我也有点害怕，尽管这是多次攀登大坝了。从上面下来，走到下边的小村里。我们要找当年那个特别顽强的人，听听他的声音，和他坐一会儿。我们达到了目的。

在一个低矮的山区小砖房里，老人把我们让到了炕上。他身体不好，咳嗽，但仍然要吸烟。他盖着一床薄薄的小花被子，把花被子的一边搭到我们腿上，让我们也像他一样盘腿而坐。让烟，我们没有吸。很平常的一个老人，可就是他带领众人做出了朴实的大事情。可能他也有许多缺点，正像所有人一样。可是他做出了朴实的大事情。他很执拗，对事物有很难更改的固定看法。他的一些看法很少受到时风的影响。那些在风中流传、随着风气变异的东西，很难改变他，很难吹动他。我知道在这个世界上，他这样的人需要很多——需要多少，我讲不清。

离开村庄的时候我想：我们现在正是得益于这一类人，得益于他们留下来的创造，是他们当年在工地上修筑、打造，才有后来者的享用。就像水库，没有积蓄，就没有流淌。人们有时候只歌颂流淌、狂泄和放纵，而忘记了积蓄，忘记了怎样才能够积蓄。

收敛的时代是不让人愉快的，可是没有收敛，放纵也不会长久，放纵不等于创造。

沙

没有什么比它更常见，我从小到大，一睁开眼就看见沙。细如粉末的沙，粗沙，望不到边的沙原，高高堆起的沙岗。在白得像面粉似的细沙滩上，留下了多少记忆。那上边长出的一丛刺蓬、一株槐树，特别是春天里刚刚生出的小桃树苗，在暖融融的沙面上蠕动着的一个甲虫，都那么生动感人。沙滩和潮棕壤与褐土壤所不同的，是它更适合嬉戏、躺卧，它真正是童年的无边的席子，是他们的大炕和被褥，是他们欢乐的温床。

这片犄角有很大的一部分是由沙子组成。在临近海洋的地方，在犄角北部、东部和西部的边缘，都是各种各样的沙子。还有，在滋生树林和灌木的地方，也往往有很多沙子。

一年冬天，我看到一支“深翻”的队伍在无边的沙原上开始了挖掘。他们挖出一排排的长沟——原来几米之下就是乌黑的泥土。他们把泥土翻上来，把沙子再翻下去，这就是所谓的“深翻”。一条一条深沟挖开来，后面的沙子正好倾进前面的沟底，这样轮番倒腾，就有了一片黑色的泥土——付出了多大的劳动，可是一片黑壤竟然造出来了。在这上面几经改造，不久的将来又会出现一片真正的良田。

如今已经很难寻找人们用手营造的那样的良田了，倒时常可以发现沙子的珍贵。原以为取之不尽的沙子，竟是一种奇珍异宝。有人花高价让人从海岸上偷沙，偷到海港，然后一船船运走。运到何方不知道。反正玻璃厂、建筑工地，到处都离不开它们。那些偷沙者有许多发了财，他们就像西部偷猎者那样面目可憎，躲闪着追捕。在夜深人静的时候，常常是下半夜，他们才把车开到海滩上去偷沙。天亮时分，那些巡视的看护人会看到一个又一个湿漉漉的沙洞。

有人曾觉得保护沙子十分无聊，认为沙子反正是海浪从大海深处推拥上来的，取之不尽。他们不知道沙子也是一种十分有限的资源。实际上，它是由千万年的河水从高山上一路冲刷到大海里的，大海再用左右漩流把它们推到岸上——这就形成了所谓的海岸沙坝。

据那些管理沙石的人讲，沙子的优劣差别很大。比如这个犄角北部的一些沙子，可以说是世界上最优质的沙子之一。这是指制造玻璃器皿和搞建筑而言。它们纯度高，含土少，随便抓起一把在水里一淘，即会发现每个颗粒都晶莹剔透，让人一下想起珍珠。从北往南，整个的沿海一带沙子越来越细，越来越白。这是由于细细的沙尘更容易被吹动，它们随着北风南移，渐渐覆盖了一片膏壤。这就是细沙的来源。它们是大自然的威力，是筛选和摆布而成的。这种粉细的白沙有着更特殊的用途，也仅仅为这个犄角的北部所独有。

我在许多地方都很少看到这样大面积的粉细的白沙。这样的白沙上所生出的每一株草，每一丛灌木，都显得格外绿，格外干净和清爽。我看到：就在这样细细的白沙地上，播出了一片又一片的红薯、花生，甚至种植了葡萄、西瓜和其他水果。这儿结出的任何一种水果都有超乎想象的甘甜和香气——因为沙子把阳光反射出来，把光和热分赠给水果；原来这儿的土地上所生出的植物，都可以获得阳光双倍的恩惠。

夏天的正午，人们不敢赤脚在沙地上走，到处滚烫滚烫的。还有，即便戴着斗笠，不长时间皮肤也会被沙土烤红。每个人都变成了烤红薯，回到阴凉下彼此看一眼，都觉得对方比过去可爱。

地有三分

这个犄角总的来说属于半岛的一个角落，一个边缘，只是它更加凸出在海里。然而要仔细划分起来，它的整个面积有三分之一属于山地，三分之一算作丘陵，三分之一则为平原；另外还有两个岛屿，有它自己的一个半岛。自然地貌的主要属类在这儿被悉数囊括，所以它是一个完整的、自给自足的世界，它有自己的丰富性和多样性。不仅是物产，而且还有文化和风习的互补。比如山里人和海边人，口音相异，举止做派与志趣都大为不同。山里人强悍保守，而海边人灵活多变，时髦，也多少有些傲慢率性。所以当地人流传着“山霸王海贼”的说法。而中间的丘陵地带，由于同样像山区一样，有一些凸起的岩石，人要爬上爬下，所以生活起来就更多地像个山里人，他们也自觉地把自己归于“山区一族”。犄角的边缘才是平原，而平原上的人格外富裕和强大。他们差不多自成一个世界，是犄角上名气最大、最具有代表性的族类。他们无论年长年幼，一概将南边山区的人叫作“山里老大哥”。由于过去交通不便，山里人很少吃到海鱼，沾不到腥气，这在海边人的眼里也就分外可怜、愚笨和不够开化。而沿海一带的人有鱼类的帮助，磷和蛋白、钙质吸收得多，就似乎有体力和智力上的优越感。他们往往是开放的先驱，是风气的制造者和率领者，往往最早享有一些洋玩意儿。

其实山里人也有自己令人羡慕的优势。比如说山里人更长寿，更老实也更本分，人事关系也远不像海边上那样混乱。山泉的甘甜，山果的鲜美，这都是平原人难以享用的。

土地生人，改造人，教导人，决定了人的一切。所以我大致可以说犄角上有三种人，他们分别是平原人、山里人和丘陵人。

作为土地过渡带（丘陵）的这一部分人，在最近几年变得越来越像平原人了。而真正的山里人却变得很慢。奇怪的是越来越多的从海边上到山里工作的人愿以山里人自居，动不动就说：“俺是山里人。”可是族居的山里人却往往回避这个词儿。

近几年山里发现了金子，平原上的人就进山帮他们开采，连犄角之外的人也远远赶来了。金矿四周盖起了一片又一片别墅。也有很多人死在大山里。

而很早以前，山里人认为海边上才是最危险的，因为许多打鱼人死在了海里。现在他们才知道，大海和高山对人都是一样的危险。

丘陵地带的人在漫坡地上一辈又一辈耕种土地，悠闲而贫困。但他们今天越来越不安分。

他们过去是往北，现在是往南——去寻找那种危险。

月　主

不知太阳神住在哪里。月亮神呢？查查典籍就可以知道，原来她住在莱山。莱山在哪里？原来就在这个犄角的南部山区。秦汉时期，莱山曾是天下驰名的几大名山之一，而如今却湮没在众多的名胜里了。比起其他名山，它不够高大，似乎也有些偏僻。天下是否有比它更早的被月亮神选作居地的山峰，不得而知。

当时的千古一帝秦始皇在两次（也有人认为是三次）东巡当中，曾亲自登上莱山，拜了月主。当时的月主祠的基础，至今还留在莱山上。秦始皇东巡的壮举留于正史，所以没有一个历史学家提出过怀疑。

其他的都是传说。

比如说那个欺骗了秦始皇、率领三千童男童女和五谷百工东渡瀛洲的徐市，就是在这儿拜见了秦始皇，领受了采长生不老药的命令，得计而去。还有，离莱山不远的那条黄水河，一直流向渤海湾，在海湾那儿形成了一个有名的古代军港；而那个港湾如今已是淹没了大半，成了沼泽——当年就在那里，徐市造船，集合船队，弄足了粮草和各种各样的重要人物、精巧器玩，然后扬帆启航。这一伟大事功的准备时间可能不会少于三四年。

今天看，这座莱山似乎已经不堪重负。加在它身上的那些重大的历史人文似乎太多。月主祠果然列入了重新修复的计划，这座草木葱茏的秀丽小山很快就要响起一片建筑的嘈杂了。

在整个南部山区，莱山是植被最好的一座山。山上有采不尽的各种药材和奇花异草，有人在这里甚至发现了成片的百合，发现了大得惊人的杜鹃树。莱山的秀丽，它的规模和姿容，的确让人感到了阴柔之美。它真的应该属于月亮神。在许多时间里，它在太阳光的强烈照射下，显得欣欣向荣。可是在黄昏，在清晨，在绿色笼罩的浓荫下，仍然能够感受到那种阴凉和幽暗的温柔，感受到这座山所特有的那种温煦可亲的气息。

攀登莱山有许多道路。除了其中的一条可以勉强开进汽车，其他都是踏出的小径。登上这座山的主峰并不累，但一路上却可以饱览秀色。即便是冬月，仍然有绿色的松树。干枯的草藤附在岩石或山土上，显得那么朴素和安静。何首乌、地黄，还有蒲公英、拳参和枸杞，它们在这个季节里叶子枯黄，紧伏泥土，等待又一次苏醒和生长。

登上山巅北望，可以看到渤海湾。如果是一个晴朗的天气，还可以看到海湾里三三两两的岛屿和渔船——同时想到月亮为什么会选择这座山作为自己的栖身之地。这儿离月亮神的出生地实在是太近了，我们都知道“海上生明月”。不难设想，月亮神一定要寻找一个离大海很近的山，作为她陆上的居所。莱山的月主祠，实际上就是月亮神的别墅、驿站，或是行宫。依此推理，她当还有另一些类似的地方；但起码在古代，在很长一个时期里，莱山是最有名最重要的一座月亮神住地。

秦始皇当年登过泰山，拜过泰山神，进一步东巡。到达烟波浩渺的东海，其中最重要的事情之一就是登临莱山。拜过月主之后才去更东部，即荣成的“成山头”（所谓的“天尽头”）。从“天尽头”往南，沿海略作徘徊，又往蓬莱、黄县一带海岸游走，即“过黄陲”。就在这里，他射杀了大鲛，留下了传说当中最具神采的一笔。

实际上，亲手射杀大鲛的更有可能是他的随从，比如说那些渔夫和武将，而并非帝王自己。但任何事情不附加到帝王身上，就难以流传。征服和剥夺的力量才让人津津乐道——历史上似乎从来如此。

而这一切都是在温柔的月亮神的注视下发生的。

尽管太阳是万物生长的依赖，是热力的来源，甚至是月亮光泽的来源，但月亮神比起太阳神，却让人更为向往、依恋和亲近。

这儿常常能够看到那些衣衫褴褛的农民攀登莱山——在一些固定的日子和节令，他们来这里许愿、叩拜，把信赖交付月主。

半 岛

它从犄角上伸出来，像一把剑柄一样插入大海，结果构成了这个犄角上的半岛。我们字典中有一些字是专门为一些地方而造的。比如说“屺岈”两个字，就是为这个半岛命名。自己的“己”，母亲的“母”，各加一个“山”字，就构成了它的名字——“自己的母亲”。当地传说：自己的“己”本是寄托的“寄”，是远征的将士把母亲寄托在这个半岛上的一户渔民家里，然后出征打仗——名字即缘此而来。我觉得并不可信。但岛上的现代人还是为这个出征的将军搞了一个石雕像，并且为他从典籍上查了一个名字，全不在乎是否牵强。

近来这个岛上又有了徐市的雕像，而且出自名手。雕像上徐市的气质的确不凡，是一种庄严、忧愦的神情，不像现代人所搞的一般历史人物的塑像，不似那般平俗和过分装饰。但在我看来，这个雕像也仍然有些毛病——作为秦人，他的裤腰似乎过长了些；这么长的裤腰簇在胸腹，起码是汉代以后的事。在我看来，他的裤腰去掉半尺也就完美了。

按照传说推算，那个将母亲寄托在当地渔村出征打仗的将军，他当时背着母亲寻找此地，也只能坐船，那时候这儿还不是一个半岛。这里成为半岛只是近一千多年的事情——海水漩流把海底的沙子不断推拥过来，在小山和陆地之间缓慢形成了一条沙坝。

如今这个连陆沙坝平展展的，海拔高度不足两米，连接着尽头那个岩石山包。整个沙坝上全是松树，一片可爱的绿色。在去屺崅山头的路上，尽可以领受一种特殊的感觉：两边都是海浪，中间则有微微的松涛与之呼应。

就在这个沙坝上，十几年前还可以看到一个小小的庙宇：它供奉的不是任何大神，却是蚂蚱。所以这座庙宇就被称作“蚂蚱庙”。传说历史上这儿蝗灾严重，一群蚂蚱像乌云一样卷来卷去，地上颗粒不收，所以当地人就像惊恐雨神、雷神、水神和土地神那样，为蚂蚱盖起了一座庙宇。他们认为一定有一个主管蚂蚱的神。

不知道这在全国是不是唯一的一座供奉蚂蚱神的庙宇。但我由此知道，当恶的胁迫力的确形成并不断加强的时候，崇拜者也就相应地产生了。崇拜往往是超越道德的，崇拜在许多时候是和恐惧连在一起的。

为了开展旅游，当地人在半岛上搞了各种各样的塑像、建筑，而且还发掘和制造了一些传说。这儿既有海蚀洞，那就刻上“神仙洞”三个大字，再塑出各种各样的鬼神怪兽，塑上拙劣的牧羊女和群羊。他们急切地要给一个自然美丽的半岛附加文化和历史的重量，增加其曲折性和神秘性，制造一些幼稚而粗俗的思维迷宫。实际上，这一切不过是事倍功半的一些游戏而已。它所固有的一些自然的地理的魅力，历史形成的一些痕迹，比如说蚂蚱庙，比如说在国内战争时期，这儿作为一个港湾所发生的那些渡海军队的集结和牺牲的故事——一切原本是足够吸引人的了。

十余年来，不知多少次去这个半岛。有时候是陪客人，有时候是自己。现在那儿有部队，有一个很大的渔村，还有旅游机构，气象台，高高的灯塔。我从费力筑起的、沿石壁下到水边的台阶上，绕到陡直的海蚀崖下边。脚下是拍岸的水浪，往上看则是随时都会吹落的、看上去有些松动的石壁。实际上，即便在呼啸的大风天里也很少有石块脱落。石壁上有一个个海蚀洞，这些在千百年里形成的大大小小的洞穴，如今成了海鸥最好的栖身处。有一次我从海蚀崖转弯的时候，有一群海鸥从洞里猛冲出来，其中的一只翅膀似乎还扫了一下我的脸颊。

记得我还在海蚀崖下捡到了一个不大的海螯，捧着它往前走。

可惜只是一会儿，这个海蜇就化掉了大半。大约在三四年的时间里，每年夏天半岛附近都涌上一片又一片的海蜇，数量之多，来势之猛，让海边的人目瞪口呆——过去捕获海蜇的船，常常在一天多的时间里也不过捕上几只，而现在它们却自告奋勇地送到了海边，前仆后继，挤得船都开不动，网都无法拖。人们不再用大扣眼的渔网到海里围堵，而只用铁爪钩往上捞。海蜇在海边堆成了山，还在源源不断地汇集。一连三年，或者四年，都是如此。一时间，整个犄角的公路上都挤满了运海蜇的车辆，到处充满了海蜇的腥气。

女人都扔下了手头的工作，到海边来炮制海蜇。

这种百年不遇的收获季节，让人喜悦的同时也悄悄埋下了一个恐惧。许多人都认为这是一个不祥之兆——跟在后面的也许会是某种灾难。他们的这种怯懦和担忧是有来由的。

四十多年前，也是一个夏天，也是一连两年的时间，海边上突然出现了源源不断的青鱼。它们一群一群，重重叠叠往岸上涌。当时的青鱼就堆得成山成岭，海边的女人同样也是拥到这儿炮制青鱼。那时候到处都是熏人的鱼腥味，是彻夜不熄的灯火。而后来，大约是一两年之后，就发生了异族人入侵的悲惨事件。这场战争一直持续了六年，给这个半岛、给整个犄角地区留下了永久的创伤。那些异族人在这里留下的建筑，至今还能看到。

屈指算来，从海蜇不顾一切地涌到陆地到现在，已经五年过去了，好像还没有发生什么足以让人记取的灾变。人们暂时扔掉了恐惧。

有一天，我在半岛南面洁净美丽的沙岸上散步。黄昏时分，大概人们都回家吃饭了，海岸上没有一个人。正走着，日落的方向出现了一个小黑点，它在晃动，远远看去像一个刚刚上岸的海物。我迎着它走去。那黑点在逐渐扩大，在向我走来。

只有几百米远了，我看清那是一个人，准确点说是一个孩子。更近一些我才看清，那是一个扎了两条小辫的可爱女孩。她顶多有七八岁，稚气可爱，圆脸，鼻中沟很深，眼睛又大又圆，黑黑的。令人惊异的是，她怀里抱着一条大鱼：不是横着抱，而是头朝上，像搂抱一个婴儿那样。鱼太重了，她不得不用力地腆起肚子，紧紧地抱住它——一条银鳞大鱼……这时我才注意到，不远的海湾里是一条条归来的铁青色大船。

这个可爱的小娃娃，肯定是在那儿流连的时候搞到了这条大鱼。

沿海岸往东，是村庄的边缘。这孩子大概要把鱼抱回自己家去。我一直看着她的背影，看着晚霞把她映成了红色。

大鱼和孩子都离我远去了，这真像一个美好的传说。

昔日花

记忆中的过去，这里给人印象最深的就是花：到处都是花，真正是花的海洋。我这里指的是春天来临的时候，是成片的洋槐花、海边果林一夜之间绽开的杏花，还有接踵而至的苹果花和桃花——这一切交汇而成的气味和色泽；是逗人的喜气，节日的嬉戏，是它所促成和焕发的那个年龄所特有的敏感与欣悦。

每年都开始盼望温暖的春天，盼望沙岭上的积雪融化。当雪水顺着高坡哗哗流下，把细细的沙末涂成美好的图案时，我们知道绿蓬蓬的季节就要来了，花的海洋就要来了；蜂子和蝴蝶纠缠一起，它们与我们一起玩耍或是向我们发起挑战的季节就要来了。那时候我们的视野还没有现在这般开阔，不知道南部山区也有一片花的海洋；我们眼里只是这个犄角的北部，是这个平原。

随着季节的深入，各种各样的野花在灌木丛中盛开，它们取代了槐花和果花。这些花多得叫不上名字，但它们更奇特也更引人注目。后来又是每一家院落里长起的一丛丛蜀葵和美人蕉。这儿的蜀葵和美人蕉最多，我简直不记得在其他地区看到过这么多的蜀葵。那时这儿家家院落都很大，院内院外都长起成片的蜀葵，成了蜀葵林。我们就在蜀葵林里捉迷藏，吐露着过早来临的心事。一想起成片的蜀葵，我就想起了小时候的伙伴，想起在花丛中奔跑的男女同学。

他们常常把一大簇一大簇的蜀葵花带到学校，还有木槿花、菊芋。菊芋花连成一大片，望不到边，它们是繁衍得最快的一种花。在饥饿的年代，人们不是像现在一样把菊芋做成酱瓜，而是放在锅里，像蒸芋头一样蒸熟。实际上它是蒸不烂的，永远都是脆生生的。一大束菊芋花抱在怀里，然后再用一个水罐盛上，放在桌子上，那就是最美的一幅图画。

我所待过的那个小学种满了白菊花，它在果林间隙，到处都是。还有，在果林灌渠旁，总是野生了一大丛一大丛的金盏草，又名千层菊——它有一种奇怪的邪味。但我们都愿伏在它的上面深深吸上一口，然后抱怨；不断地吸，不断地抱怨，学大人说一些难以入耳的粗话。在水渠下面的低洼处，是成片的粉红色的小蓟花。小蓟花不起眼，可是连成一片多么美丽，简直令人神往。

还有荒滩上的荼花，一眼望不到边，它们在微风中摆动起伏，真正是如火如荼，来势汹汹。这种花在开春的时候可以吃，它刚刚长成一个花苞的时候，我们都伏到刚刚泛青的草地上寻找这种花苞。揪花苞时要发出“咕咕”的声音，当地人就叫这种花为“咕咕老”，因为这种花一老就不能食用了，只能吃它娇嫩嫩、甜丝丝的花苞——可能是对“老”的厌弃吧，所以就在“咕咕”后面加一个“老”——“咕咕”是声音，“老”是担心。

不知多少次到昔日的荒原上，到记忆中那些小径上寻找。没有了，没有了小径，也没有了花，起码是没有那么多花了。只看到了洋槐花，它们偶尔有一丛在松树间闪烁。至于成片的果树，特别是记忆中的山岗、随山岗起伏的烂漫桃花，那一棵又一棵巨大的李子树——世上有什么花比李子花的香味更浓烈，更密集，更不吝啬，简直是疯狂一般的开放——再也看不到了。

没有了，这里只有一些丑陋的红砖建筑，有挤挤歪歪的烟囱、工厂，特别是熏人的化工厂。很明显，是时代的诱惑赶走了鲜花。丑恶的物欲总是鲜花的敌人。

农民诗人

我相信“农民诗人”是一些天生丽质的人。我们曾经宣传过很多“农民诗人”，他们在底层，在艺术特别是诗歌艺术的罕至之地——是在这些地方出现的一些奇妙人物。但是后来，许久之后我们才发现，这些人中的一大部分往往很难被称为“诗人”。不是因为他们的作品表现形式上的粗疏，而是其他，是因为其中最致命的东西的丧失——缺少诗意，缺少生命和个性的魅力。作为一个诗人，这都是最迷人的部分。他们更多的倒是一些巧言趣话的制作者，一些滑稽人，一些善于说顺口溜的人。

在这里我们必须指出：要让一个自然而然地生长起来的农民诗人丝毫没有顺口溜的倾向是不可能的，也过于苛刻；但我们必须透过这一切屏障，望到那对在欢乐中燃烧的眼睛，感知其羞涩而激越地跳动着的一颗心脏。他们贴近泥土，颜色相近，可你只是凭感觉，而并不需要逻辑和学术方面的推导辨析，就能一下知道他们是否正是我们所要寻找的——诗人。你被他们打动，而这恰恰是因为可以称之为诗的那种东西的缘故，正是它们的力量——是它们在出其不意地突袭过来，掀你一个踉跄，你站稳之后，定定神儿，就不得不在心里发出一个肯定的低语，说：我遇到了一个诗人。

到现在为止，四十多年来，我相信我的确是也仅仅是遇到了一个农民诗人。当然这个地方不是别处，就是我一再提到的那个渤海湾畔的“犄角”，是这片很小的土地。

当地人一直传说有这样一个“出口成章”的怪人：他记忆力特别好，荒诞，不正经，只是构成了一个村庄或是更大一片地方的欢乐的来源。人们对他钦佩，但绝谈不上尊重。当时这儿并没有“诗人”这个概念。他们把一些说快板的、能言善辩的、说数来宝的、所谓“死人也能说活”的一些人，统统称为“嘴子客”。说某某人是一个“嘴子客”，一个“大嘴子客”，或者说“神了，嘴子客”。

在沿海的一个村庄里，我第一次见到这个“嘴子客”。这个村庄现在看人烟稠密，大约有四五百户；作为一个基层行政管理机构，它负责的范围还包括周围三四个更小一点的村庄。这个村庄的全名必须冠上两个字——“灯影”，正式的村庄普查书里都有这两个字。可以想见很早以前，这里还是大片荒原，人烟稀少；想必是远方的人往大海方向走，走到黑夜，模模糊糊从丛林缝隙中看见一线灯影。很诗意。

一个诗人在灯影里，这本身就很诱人。

就在那个较大一点儿的村庄里，也就是灯影里，我遇到了那个人。那时候他很年轻，但由于我更年轻，所以看上去他是真正的大人。今天屈指算来，他当年也不过三十多岁，是一个成家立业的人，即所谓“拉家带口”的人。

那个年头仿佛人生孩子很容易、很快似的。记得他当时已经有了三个孩子，两男一女，一律淌着鼻涕。他的老婆是一个身材细小的人，心直口快。给我印象最深的是她那一双美丽的大眼睛和发紫的、显得不甚好看的两个高颧骨，以及同样是紫色的肥厚嘴唇。用今天的眼光看，她也许并不难看，有点像亚热带的女人。可是在当时，谁都知道“嘴子客”娶了一个丑老婆。

无论是当年还是现在，人们对于美都有一些固执的、特殊的规定。比如说在五六十年代，人们眼里的美女必须是圆圆的大脸盘，只要有了这样的大脸盘，眼睛和嘴巴，更不要说鼻子和其他了，倒不再重要。人们看到大脸盘的女人就说：瞧呀，美丽大姑娘！而且在犄角一带，从过去到现在都不时兴娇小的女人。他们希望她们的身材相对高挑，粗一点不要紧，只要匀称、健壮就好——再配上那样的大圆脸，也就十全十美。

由于诗人的老婆完全不是那种类型，所以人们都认为她丑。

要从今天的角度看，她的肤色、脸型更有个性；她的身材，用当代人的审美标准来看，那也是时髦的。可惜当年大家都不以为美，诗人也就不以为美了。

他们经常吵嘴，但关系总还过得去。生活艰难，吃地瓜干，不停地劳动，清晨和夜晚都要赶到田里。在那种枯燥但有时也显得过分热闹的集体劳动中，无论是家庭生活还是其他，都容易处理得多。忠诚和团结来自相濡以沫的生活，富贵和金钱，物质享受，的确可以让人心涣散，让亲密无间的朋友、让异性之爱腐败变质。

当时我是被嬉皮笑脸的一圈人推到了前面，因为在那儿，就是这个所谓的“大嘴子客”在即兴表演。

他穿了一件藏青色的衣服，一条有点短的黑裤，裤脚很宽，腰上用布条紧紧系了几下。那种老式上衣穿在身上，真像某种拘束衣，看上去两个肩膀被绷得很紧，两条胳膊往一旁翻着。他在人们闪出的一小块空地上，仰头、眯眼，进入了沉思。这时候大家都一声不吭，有的还半张着嘴巴盯着。所有的人都在等待，等待那突如其来的、一连串古怪而有趣的、让人沉醉的话语。这个人真是貌不惊人，矮小，不，是粗胖：典型的五短身材。他的头有很长时间都在忘情地仰去、仰去，两眼迷蒙，嘴巴抖动——抖得越来越厉害；后来，他的两手突然拍开了肚子，一下一下拍打。就这样拍了一会儿，才渐渐睁开了眼睛。他在轻轻转动头颅，好像在寻找天上的星星——大白天什么也没有，只有一轮太阳在稀疏的云里。他开始数叨起来，一句一句，越数越快，越数越流畅。

我发现他说的都是一些合辙押韵的话。他在诉说一场战争。这场战争年代模糊，在他嘴里变得多少有点逻辑混乱。我听着，觉得一会儿像朝鲜战争，一会儿又像是跟日本人打仗，还有时候几乎就是一支部队在怎样巧妙地围追堵截一股可怕的土匪——这股土匪就在古代的这片平原上，在荒野里出没，伴着老虎、狼、猞猁等凶恶的野兽。这场酷烈的战争中，战士手持矛枪、机枪、手榴弹，甚至是一种特异的、神奇的飞弹，坐着飞车……总之，战争中运用的不同手段在科技程度上相差悬殊，更说明了他的编排正处于混乱状态。可恰恰也就是这种混乱，使他获得了更大的自由。

他说得有趣极了，大家不时发出“喔！啊！”“啊哟，他妈的！”“混蛋，真是大混蛋！”之类的喊声。每个人都忘记了一切。高潮一次又一次来到。也就在这时候，我发现诗人做出了一个奇怪的动作：他扯住藏青色的衣襟，猛地一拉，发出了啪啦啦的响声，衣怀一下子敞开了。原来他的衣服钉了一排暗扣。随着这啪啦啦一声，胖胖的肚腹完全袒露出来，油光锃亮，像他的脸膛一样，都是黑红色。他两手拍打肚皮的时候就发出了乒乓声，伴着吟唱、数叨，真是显得格外来劲。

一会儿他的脸上满是汗珠，一首诗吟诵完了。

大家鼓掌、跺脚，看着他大口喘气。

只是一会儿，有人就喊着他的名字，让他再来一段，再来一家伙，快些，再来！

我也跟着喊起来，忘记了一切，忘记了对方刚刚经过了一场激动，十分疲劳——人们在索取快乐的时候总有点儿贪婪，我也一样。

他显然没法马上满足大家，他在喘息。后来他蹲下，坐在了半截土坯上。这时他又变得和大家一样了，笑眯眯的，懒洋洋的，显然不准备“再来一家伙”了……

就这样，我记住了这个人。

当时，我只知道他是一个说快板的，一个“嘴子客”，一个头脑特别机敏而又多少有点儿失了正形的人，却没有想到他是一个诗人。要知道在平原上，一个男人的本分是田里的劳动，一个好男人要有劳动方面的超绝技能，因为他要忙生活，要顶着一个屋顶，率领一个家庭；他对于妻子和后代的责任，就是不仅能让他们在自己身边幸福，而且还要给他们打好未来生活的基础。像我遇到的这个诗人，他的嘴巴和头脑没有为他获得任何物质上的利益，所以人们在内心里并不看重这样的人——虽然要时时想起他，需要他。因为人们也可以忘记他，忘记他又不影响自己的生计——像那些村边的树木，某一棵因为长得特别高大或特别好看，他们有时候就会想起它，偶尔还会拿来夸耀。但这些植物，它们的命运，毕竟还不能与村民的命运联得更紧，二者之间也难以找到切近的因果关系。他们很容易就忘记自己在酷热的正午要在它的阴凉下获得宝贵的歇息，或在这儿思索，倚靠；他们更不去想：整个村庄都因为这些植物的生长而变得美丽，变得让人更加向往。这些树木与他们的村庄在平原上构成了非常和谐完美的存在。

当我长得更大一点儿，懂得了一些事情之后，开始用研究和探询的眼光来看待这位农民诗人了。我开始有了“诗”的概念，并且在正视这样的一个现象。我想了解他识多少字，他那些脱口而出的像泉水一样奔流的妙语到底来自何方，是来自心灵还是来自他的记忆和阅读？探询中我终于明白了，他一个字也不识，是真正的大老粗，连自己的名字都写不好。而他吟诵出的那些词句，一大节一大节从没有人记录过。有的他自己能记住，有的时间一长连自己也忘记了。而且其中的一部分，的确是他在参加晚会或到别的什么地方听来的，比如快板、数来宝之类。农民诗人当然没有什么版权意识，他并不认为由自己拼凑改装和转述会是一种抄袭。但可贵的是他在转述过程中总要做重大修改，大把大把掺进了自己的喜乐哀伤；他把它们串在一起，结果原作就给搅得混乱而有趣。比如说我小时候听到的那一场长长的吟唱，就是这样的产物。

时至今日，我后悔的是没能够帮助他，帮他把那些复杂多变、令人眼花缭乱、产量大得惊人的吟唱记录下来。晚了，一切都晚了。他随着年龄的增长，吟唱的数量越来越小，记忆力也自然而然地开始减弱，诗句变短，美好的段子也在遗忘。而这个村庄里最喜好听他吟诵的一些人，也在开始死去；剩下的一些人，他们只能记取一点点片段和个别的句子。因为那些吟唱毕竟不是来自他们的心灵，那是别人的，是他的，是那个五短身材的贫困的人的。

这里必须指出：诗人一般而言是必要贫困的，农民诗人更是如此，或者说农民诗人也不例外。在城市，甚至在国外，也并没有多少特别富裕的诗人。变质的诗人可以过得马马虎虎，纯粹的诗人好像就必要忍受贫困。像我所看到的这个诗人，就是这样。我进过他的院落、土坯房，亲眼看过他的生活。他的房子甚至没有砖石做的墙基，瓦顶刚刚换成，前不久还是草顶；土坯院落上，是没有上漆的一扇薄板门——而在不久以前这还是一扇柴门；泥院坑坑洼洼，上面满是鸡粪和草屑，一些灌木枝条……我不知这样的小泥坯屋，一旦来了大一点的雨水会不会坍塌。好像这儿近些年不曾出现过那样的雨水。

我曾在诗人热乎乎的土炕上攀谈过。当我郑重地请他把那些我印象当中最有趣的诗句复述一遍的时候，他显得作难了。他说得断断续续，远远不及在田边和村头时那么精彩。我知道他需要激动，而我唤不起他的那种激动；他需要迎合，需要刺激，需要群情振奋，需要这种所谓的“场”来给予刺激和配合。

尽管如此，他还是吟出了很多。我问他：那些听来的部分如何记住？为什么能够听到一次，就几乎一字不差地转述？他的脸红了，好像我是第一个指出他是“听来的”，是转述。他说：那怎么会忘呢？那比自己编还不是容易得多！我当时听了觉得有道理，可后来一想还是费解——这需要多么好的记忆力，这简直有点神奇了。但我又想，这种超群的记忆力可能更多地来自他对一种艺术形式极度的、出于生命本能的挚爱——是巨大的挚爱才让他焕发出巨大的捕捉力和记忆力——他觉得听到的这一切是如此有趣，简直不可多得，也就紧紧揪住，使它再也不能失去……这个情形在一般人身上也同样可能发生。

我指出他是一个名副其实的农民诗人，是指我亲眼所见、亲耳所闻，特别是身临其境的那种感悟和判断——我知道他会沉浸，会感动，会深深地感动；他会追逐一种意境，用自己所习惯了的形式来加以表达。而这形式更为直接明了，更能达到他所神往的那个境界。有时候，他的吟唱还具有一种史诗意味：这正是生于民间、土生土长的一类艺术家的共同之处。他们编年史式的诉说和记忆，有时候会不知不觉地踏入史诗领域。

一个宗族，一个村落，一个地区，所发生的一些大事，险峻，怪异，值得被后代人所记起的一些事物关节，都在这种吟唱中被如数地穿起。他们在诗的丝线上娴熟自如地拨动那些彩色的珠子，一串又一串。有时候他们添上一两枚，有时候他们减去一两枚——一首长长的史诗就这样诞生了。而且他还在接续上去，没有头尾……这就是所谓的民间文学，所谓的诗和史的结合。

最后——现在——当我终于记起他来，终于让兴趣、好奇心以及工作上的闲暇凑合一起，催促我去认真探究和寻找的时候，我才发现真正地晚了。农民诗人不在了。

他好像不是直接死于贫困，而是死于沮丧。因为后来电视机有了，通俗歌曲有了，牛仔裤有了，录像机影碟机有了，什么都有了，钱也有了——这是指周围的人——当他们一切都有了的时候，往昔那样的聚会也就没有了，村头和田边地垄的集体劳动也就没有了。诗人再不能把他的吟唱和冲动完整无损地交给身边的人，即便是他的妻子和三个孩子——他们也像别人一样忙，没空听自己父亲的“穷说”。他感到无处吟哦，就只能自言自语；偶尔一两次有几个听众，也不多。今天，他的吟唱更多换来的倒是嘲笑和怀疑的眼神。

这个时代，好像从城市到乡村，都无一例外地丧失了欣赏诗的能力。诗人寂寞了，沮丧了，后来也就死去了。

他死去很多年之后，人们好像才突然记起了什么，有人一打听，他们立刻一齐大声感叹：他呀，那个人，哎呀，不简单！

就这样一个不简单的人，当年却没有人帮过他，不论是物质还是精神，都没有给予他什么援助。真的，他是寂寞而死，忍受而死，特别是——沮丧而死。他对许多许多都感到沮丧。如果我能及时赶来倾听这吟哦，就一定会听到他吐出的沮丧的内容、沮丧的节奏……这同样是诗。没有了，来不及了，我赶不上他的吟哦了。

我去看了他的坟头，很小，在荒野里孤零零的。奇怪的是这个村子的坟头大致是垒在一处的，那是所谓的祖坟地；而这个诗人明明属于他们一族，坟头却孤零零的。它这么矮小，上面的荒草长得稀稀疏疏——好像荒草也不愿到这儿来生长。我不知道，也不想问。生前给别人带来那么多享受和欢乐的人，到了晚年，特别是死后，却要如此孤寂。

看来，现在，即便是另一个世界的人，也不需要诗了。他们不需要一个人激动的吟唱，不需要倾听。

不知是后人的决定，还是他生前的遗嘱，让其做出了这样的身后选择：孤独。

盯着这个坟头，蓦然想起了他的音容笑貌：激动的样子，头颅向上仰去，眯着眼睛，嘴巴颤抖；他黄黄的脸色——还有，我仿佛在什么场合见过他头上捆过一条土黄色的粗布……这个平原上的人是没有这样的衣着习惯的，但我越来越认定，没有错，他头上的确系过那样的粗布：这使他看上去更像一个弄小杂耍的，越发滑稽和无足轻重，不过也更加让人难忘。

我长久地看着他的坟。我在想：如果有人把他所有的吟唱都记录下来，那该是多么了不起的一个长卷。那种丰富、瑰丽斑驳，是足以让好多领受风骚的所谓大诗人感到脸红的。

真的，我见过这样的一个人，我跟他交谈过，他的家在一个叫“灯影”的地方。我现在不过是记下自己所看到的一个奇迹，如此而已。

失冬雪

记忆中那个犄角，那个平原，特别是近海平原上那漫天铺地的大雪，是非常令人害怕的。有时简直不敢回想。可是后来，越是接近现在，越是怀念那样的大雪。

好像那时候更像冬天，那才是真正的冬天。大风，大雪，雪的山岗，雪的茫野，雪的故事。这是欢乐的故事，也是悲惨的故事，不敢回想的故事。我很难画一条界线，指出从哪一年开始，我们失去了那样的大雪。不过真的会有一条界线，跨过这条界线，就进入了无雪或少雪的冬天——直到现在。

而界线的另一边，仍然是漫天大雪……雪把一切混淆了，弄成一个颜色，铺展到天边，而且融化得很慢。整整一个冬天都是雪的世界，洁白的世界。春天来得很慢，但春天真正有一场大融化、大复苏，有一场冷热大置换。在暖流扫荡了一片寒冷堆积之后，烂漫的鲜花开放了——那该是怎样振奋人心的一件事情。

就在那条界线之后，一切都截然不同了。整个犄角上漫成一片无边无际、像海洋一样的鲜花没有了，它们变得寥寥无几。雪花和鲜花之间好像有着某种默契，做着历史的配合似的。失去一起失去，稀薄一起稀薄，丰盛一起丰盛。在失冬雪的同时，我们也可以说失去了鲜花，失去了一个盛大的春天。现在的春天温温吞吞，不急不躁，不浓烈也不激昂，平平淡淡地开始了。是的，没有冬天的峻厉和残酷，就没有春天的浪漫和温暖。总之让人铭心刻骨的东西，正在渐渐丧失。

这或许是一个时光运转造化的神奇隐秘的规律。可叹人生短暂，我们无力做出这种大观照，只得在记忆上寻找一点对比，发出一点慨叹而已。斗转星移，光年计算，古代蛮荒与现代文明，石斧石镰与计算机软件——这当中经历了多少，转化了多少？这一切绝非个体的生命所能够把握。

在这儿我只是回忆小时候的新鲜记忆、新鲜视野；是那个时候所摸到、感到、看到的一切，是这其中的一件，比如说再平凡不过的雪。

记得傍晚只要看到天气不好，家里人就赶紧把一张锹收到了屋子里。为什么？就因为一夜的大风雪会把屋子埋去半截，门窗堵塞，人出不了门。这时候如果没有一把锹，该是多么危险和费事。我记忆中常常就是雪满院落，窗户堵塞大半，怎么也打不开门。那时候就得费力抽开门栓，从门缝里伸出铁锹，一点一点铲，一点一点活动，渐渐门扇开了半个；再铲，直到铲出一条通洞，一条雪的隧道。这样钻出门去，呵一口气，又冷又热。

愉快是孩子们的愉快，蹦跳呼喊，在白雪地道里游走。几个时辰之后，如果我们不是自己把这条隧道捣破，那么太阳就会在上面留一层融雪，夜间再变成一层冰的硬壳——雪的隧道要过很久之后才会被太阳搞上一个洞，开一个天窗。

在海边，除了密密的丛林，再就是风和水的通道，大雪的通道。雪随着飓风奔涌，它们攀上沙岭，或干脆形成另一座高岭。而雪岭白天被太阳融化，夜晚又被寒气封住，这样交替的结果就是形成一座硬壳雪山，让我们在上面攀登、打滑，从这一个上坡出溜到那一个下坡。就这样滑动，呵气抵御寒冷，最终耳朵、手背和脚全部冻坏。我们就在这种多趣和折磨中挨过了冬天的童年。

冬天的乡村和原野，大小城镇的交通中断是再正常不过的事情。仿佛在当年交通没有变得像现在这么急迫和必要，现在如果有两三天交通完全中断，会造成多大的损失，成为了不起的大事。而当年几乎没有听说过这方面的焦虑。封路了，人们就抄着手偎在家里烤火，读一点书，讲一点故事，到近一点的地方勉强走动走动。最后实在忍不住了，才有一些人呼喊几声，领人带着铁锹或其他家什走出屋子。疏通道路蛮有趣，那时像切大豆腐一样，一块一块把厚厚的雪切开，再一方一方运到田里。一条窄窄的路就这样开通了。刚刚通了路人们就急于行走，快速地行走，不停地走，到深夜再顺着这样的路回家。

大雪常常把路边的井、田野里的窟窿，如数封住，于是就常常发生一些跌进雪窟窿里的悲惨事故。那时候走路都要带一根长长的木杆探试，探到沟渠、窟窿、水井等，就赶紧躲开。那时候的飞鸟和动物真是遭殃啊，它们很痛苦，要忍受寒冷和饥饿。这时候麻雀跑到院子里，我们就赶紧扬出高粱和玉米、饭菜渣屑，给予施舍。

因为很久没有看到那样的大雪，于是不再抱有希望。如今的情况是，常常整个冬天只落上薄薄一层，落上一两次三四次就已经蛮不错了。没有大雪的擦洗，天空，即便是原野海滨的天空，也要变得脏乱不堪。要知道今天的犄角平原已完全不是昨天，滚滚浓烟需要更多上帝的抹布。而大雪就是最好的抹布。没有了，上帝收走了。上帝也很吝啬。

记得有一年我在外地，犄角上来了一个客人，他一见我就马上瞪大眼睛，像报告一个重大事件，说：快回去看看吧，多少年没有的大雪了，完全像过去一样了！他伸手比画了一下。记得他是在腰部那儿画了一下。我也给震惊了，这么说一场深到腰部的大雪又开始降临那个平原了。

正好有事情，我就随他一起回到了故地。越往前走越是失望。齐腰深的大雪在哪儿？的确有一场不算太小的雪，但顶多也只小半尺。由于没有风，大雪很均匀地铺在地上。见不到过去那种高高耸起的雪岗，倒是平坦、安静地盖了一层。还好，几天过去之后，这雪并没有减去多少。要知道雪原的融化在冬季非常困难，只有到了春天才会加速消失。

一直往前，从犄角的东南部往东北走，然后到达从小生活过的那个海滨。

那里的雪也没有大上多少，仍然是不足半尺。我笑了，后来我谅解了。完全是出于对过去的记忆和某种企求和盼望，朋友做了夸张。这不过是一场中雪或大雪，很平常——在过去很平常。

尽管这样，我仍然在为这场雪庆幸，因为值得。要知道我们在失去冬雪的同时，也失去了夏雨和春雨。一般而言，我们这儿越来越干燥。失冬雪意味着什么？意味着失去丰饶，失去清洁，失去季节，失去一些带根本性的宝贵东西。

所以我很害怕。我常常害怕地想到这种失去。

祷　告

因为浅薄无知，很早以前我对于祷告，对于那些忙于祷告、遇到某种场合就一定要祷告的人，总是抱以游戏和嘲笑的态度。他们的这种举止究竟包含了什么？意味着什么？它与生命的关系如何？我却很少思索。实际上我是没有能力去做这样的思索。

直到后来，直到前几年，我在这个犄角上遇到了一位可敬的老人，听到了她的祷告，才感到了什么。我觉得内心里有什么在摇颤。我想说，我有了一次非常重要的经历。这个经历甚至可作我的某种纪念。

长期以来，我们很难在宗教与迷惘之间做出判断，很难在有神和无神之间做出判断。实在讲，这种判断直到今天对我来说也是非常困难的。

老人七十多岁，十分健康。她的全部都是积极的、向上的。由于有了这一切，她的人生在最困苦的时候也显得不那么困苦。她一生所经受的煎磨，是人类经验中所认定的那种最可怕的煎磨，不仅贫困，还有屈辱，有各种各样的挣扎。这些都难以细数，但有一点可以肯定，她从未屈服，也没有简单地忍受，而是在信仰的指引下，坦然向前，勇敢面对。就这样，她料理好了自己和身边人的生活，帮助了他们，同时也帮助了自己的灵魂。这漫长的人生经历，这种有神的岁月，使她的双眼放出明澈自信的光，那更是善良的光。

她顽强地向我做出规劝，引导我，但并没有强迫我。她是一个信徒，却并不妨碍自己与那些心中无神的人的正常交往，尤其是不妨碍她向他们施与善良与恩惠。

她衣着简朴，为着一种使命，风尘仆仆地来往于城镇乡村。她蹬着一辆三轮车，从城市的中心向海滨进发，一口气可以行驶二十多公里，到她要去的村子里去传播认识，去送达神的意旨。

当她的亲人病了，或者是谁遇到了艰难险阻——她的孙子，她周围的人，朋友，或者毫不相干的人，她都会在心里为他们祷告；为民族、为国家，她祷告；为天运时势，她也祷告。从巨大到细小——说起来也许没人相信，她都为之祷告。

有一次我的电脑出现了故障，那么急于排除却又不能。当时我身处偏僻之地，找不到一个专家。我一筹莫展，真是抓耳挠腮，焦头烂额。就在这时她知道了，立刻从很远的地方赶来——她一进门就充满深情地看着我的电脑，然后开始了祷告。

她说："电脑啊，电脑啊，你呀……"她用这种口气开始。当然她仍然要说到她的神，而且重要的是说到了我——说我是一个善良的人，神对我的拣选和爱……她寻找一切理由诉说。

我被感动了，这感动变得越来越深长。

临走的时候，她让我相信，让我等待；她说一切都会好的，让我增强自信。最重要的是，她让我面对这一困难，在任何时候都不要颓丧和失望，让我多想办法，行动起来，振作起来。

她说对了，几乎一点也没有错。

她走后，当然电脑故障仍在；不同的是由于她的祷告，我的颓丧没有了。我开始变得轻松，携上它迅速离开。

后来当然是找到了一个人，当然是他帮我排除了故障。

如果没有那个老人，我是不会这样做的，我只会弄得一团糟，会把身边搞成一团乱麻，会像过去一样用拳头去擂我的电脑——而因为她的缘故，我却能用慈祥的目光看着这个曾经给我很多欢乐和帮助的、辛辛苦苦的电脑。我看着它，知道它有生命，它仿佛正与我对视——它祈求我的帮助，它病了。我不能拳打脚踢一个病人，不能对它粗暴。就这样，我伴着它，坐着我们的“救护车”去找“医生”，找“医院”……这就是整个过程。

我现在进一步认定，对于时下、对于我们所处的这个完全陌生的“现代”，无论对于有神者还是无神者，祷告都是一件善事。祷告有时候是勇敢的——不，许多时候是勇敢的；祷告让人坦然、虔诚、善良。信仰本身是伟大的，我们如果陷入一个没有信仰的群体，那其实是很不幸的。

信仰是多种多样的，多种形式的。信仰是一种纯粹，有了纯粹也就有了信仰。在这里，纯粹可以带来各种各样的祷告：有声的、无声的，有形的、无形的。纯粹的人才可以创造，可以生育，可以硕果累累，更可以健康，可以享用和欢乐。因为纯粹的人知道这一切意味着什么，它的源泉在哪里。

正是这样，我会一直记着这个老人，记着她祷告的声音。她是我生活中的又一面镜子。

我的这个认识将使我走向深刻，而非其他。

1999 年 6 月 1 日初稿

1999 年 6 月 24 日二稿

有一个梦想

杜甫在当年有两个悲叹让我难忘，因为他看到和感到的哀伤愁苦都是人世间最基本、最常见的东西。一是他的“朱门酒肉臭，路有冻死骨”，二是他的“布衾多年冷似铁，娇儿恶卧踏里裂……安得广厦千万间，大庇天下寒士俱欢颜”。

一千二百多年过去了，杜甫的悲叹如今仍在人们耳畔震响。一边是炫目的网络和智识阶层的扯淡，一边是诗圣濡湿千年的长泪。鲁迅先生当年说要“睁了眼看”，就是不回避，有真心，能牵挂。这已经成了世纪末的难事。因为任何人，只要想分得一杯羹，就不能冲了欢喜和吉庆。现在许多人都学得乖巧聪明，连最基本的梦都不敢做了。

将朱门多得快要烂掉臭掉的酒肉分出一点，让路边冻饿濒死的人活命，这似乎不难。让无一床像样的被子、无一间房屋遮风避雨的人得以苟活，这好像也不难。

可是看上去不难的事从来都是最难的。好像难到谁也做不到。因为从古到今，任何时候都会有人振振有词地“看主流”“成绩是主要的”——这样说着千年不变的鬼话套话，以维持千年不变的“杜甫之悲”。

我看过不少富庶之地，那里伟大的“开拓”真是空前绝后，已经学得很像欧美。我也看过更多的边地远野，那里的贫寒之象让人不忍卒睹。无论从这一极到那一端，到处都有食不果腹者，有在雨水和寒风中瑟瑟发抖者。还有，伴随这些的，到处都有成行的进口车，成排的盛宴和欢庆，一掷千金不眨眼的官场。

这些就是千古不变的风景？这些就是人类的命运？

一个人会因为害怕自己的“茅屋为秋风所破”，为了逃避本该属于自己的那床“冷似铁”的“布衾”，为了免做“路倒”，不得不小心谨慎，精明再精明。这样的结果就是两个字：逃出。可是一旦逃出险境，逃出所谓的人生哀难的险途，立刻变得尖牙利齿了。他们一朝得意，再无心肝，连起码的怜悯也没有。无论是谁，逃出一个算一个，几乎很难找到例外。

智识阶级逃出了，于是他们学得油嘴滑舌，卖了良心，合伙鼓噪。小官人逃出了，于是他们仗势欺人，横行乡里。真的没有个例外吗？不，应该有个例外。我们曾经寻找着例外。

有谁敢于统计，一个发达或不发达地区一夜的公费挥霍到底是多少？又有谁敢于统计，这同一地区大面积贫民一夜的衣食住行所需花销总值仅是多少？更有谁敢于统计，走马灯般的轮换升迁背后藏下了多少罪恶？还有谁敢于统计，那些得意者一个个是怎样逃出了贫困，背叛了祖先？要知道他们的祖先大多是穷人，他们自己是一朝“胜出”，愈加后怕。祖先痛苦的经验累积心头，正是又凉又沉呢。

这些就是千古不变的风景？这些就是人类的命运？

“阶级斗争，一些阶级胜利了，一些阶级消灭了。这就是历史，这就是几千年的文明史。”毛泽东如此概括，简洁扼要。“胜利”之后呢？还有，一个阶级是如此，那么一个人呢？一个人所谓的“胜利”之后呢？

一个人难道真的不可以有人道和怜悯吗？最基本的东西难道真是不可企求，是人世间最大的高调吗？最基本的，即最低调的——“低调进取”还不行吗？

不，这仅仅是一个梦想。在新世纪开始之初，这也仍旧是一个梦想。现在如果因为高科技和发展的喧哗嗡嗡震响，因为总是一味梦想移民太空，因为不能即时追赶现代繁华而忧愁，那也不过是患了一种现代昏胀症。我们的现实告诉我们：一切远不是那么回事。

智识阶级讲体面，讲风度，下笔之前只是惦记三坟五典，西洋拉美，已经厌恶人间烟火。这是可悲的。这种悲其实也连着当年杜甫之悲的源头。智识阶级的背叛与另一些人的背叛在本质上是完全一样的。背叛的智识阶级眼里没有焦灼，没有激愤，也没有什么真正紧迫的问题。他们正忙于无耻的拜金时代所交给的一切。

“全球经济一体化”的甜饵挂在那儿，于是无论地方小官人和庙堂小书生，一个个都学会了几句时髦。辫子刚刚剪去，洋文三三两两，人也足够聪明，就是没有良心。

话说到了这里，我们都会问一句怎么办。宏论已经太多，先是应该打住，然后去大街上，去寒风里，扶起垃圾堆旁摇摇晃晃的饥汉，给无衣无被漏屋破锅的贫民想个办法。今冬也寒，江南落雪，中原悬冰，瑟瑟发抖的打工者于路上挣挤，好端端的客轮在近海沉没。仅是这一幅图景就让人在大节里高兴不起来。

还是那句话：我有一个梦想，梦想在未来的世纪里，中国出现了大悲悯、真人道，把最古老的牵挂去掉，除却杜甫当年悲。

2000 年 2 月 3 日

北国的安逸

法国翻译家、汉学家 Chantal Chen-Andro 女士在她的一本书里为我出了个题目：什么东西——它可以是一个词、一种事物、一种现象——会马上令人联想到中国和中国人？这个题目出了足有半年多，我却一直没能写出来。原因是我想不出这种能够直接引起联想的东西（事物）到底是什么，甚至还陷入了困惑。她作为一个汉学专家，在表述上绝对没有问题，我也相信自己当时即理解了她的意思。问题是我迟迟没有在文章中做出这个回答，一直心怀不安和歉意。

现在，置身于黄河北岸的阵阵秋凉中，我自然而然地渴望起一种特别的温暖，并且不由自主地想到了怎样度过即将来临的冬天。而且我还想起了过去几年中的这个时节，即秋末初冬在东南亚地区，特别是在欧洲出差时，在湿冷的寒风中怎样瑟瑟发抖，想起那时的窘迫和对灿烂阳光的期待。我曾经想到了中国北方热乎乎的大炕。当时如果有那样一个去处，我会毫不犹豫地直奔而去的。真的，在中国胶东冰冷的冬季，那时我们每次从街上返回，要做的第一件事就是赶紧偎上炕头：寒意顿消，满身惬意。可惜的是，如今不仅在国外，即便是在生活了几十年的这座北方都市济南，大概寻遍满城也找不到一座火热的大炕。

然而告别了它，对有些人而言就是告别了一种生活，一种传统，一种独特的享受。这种享受实际上仅仅是属于中国，属于北方。它在一个游子的心中则更多地代表了中国式的煦热，集中了故乡和热土的一种想念和温情。

在这个秋天里，我好像真的找到了那个事物（东西），它就是中国北方温热的大炕。

是的，一想到炕的形象，它所包含的意蕴，特别是它在冬天所给予的那种安逸，也就想到了我们中国人才拥有的那种生活。想想所到过的国家，好像接近于这种大炕、这种居家习惯的，在东亚一带还有日本的榻榻米、韩国的暖床之类。不过它们与中国的大炕仍然还是不同的，它们看上去更多是相当于中国北方的“地铺”。标准的炕一般比双人床还要大得多，由土坯或石料做成。最典型的炕是用一种叫作“大墼”的片状土坯垒起的。大墼由黏土掺和了麦草拓成，坚韧，保温性能好。北方的中国，特别是东部沿海和辽阔的关东，几乎家家离不了大炕。在那里，一说到炕就想到了家，特别是想到了“我们的家”。在可怕的冬季，即便温度降到了零下四十度，只要有一个烧得热乎乎的大炕，那么这一家人就可以安然过冬了，这个家也就是可爱的。大炕的确让人充满了留恋。漫天大雪与噜噜响的火炉总是成双成对的，而火炉的烟道只能穿过大炕。这是一种极巧妙的设计，一种节省能源的良方。

大炕与床的区别在北方人那儿是非常清楚的。说到中年以上的北方人，他们十有八九会感念炕的好处。而对于床，对许多人来说那不过是不得已而用之罢了。炕宽大、稳固、随意、耐用。

炕十分沉着。床比起炕来要显得单薄和轻浮，也不够坚固。一些有腰腿病的人，一些上年纪的人，一离了炕就会难受。还有些人只有在炕上才能睡得安稳，一到了床上就要失眠。我曾在胶东海边农村看到一些有趣的场景：冬天里，暖煦煦的大炕上放了小孩子，放了怕冻的红薯和南瓜，还有一只猫依偎着老人。入夜后一家人常常围在炕上剥花生剥玉米，男人时不时伸手到烟笸箩里抓烟；来了串门的也马上爬到炕头，一起做活，说说笑笑，传递见闻。这就是一幅北方农村的“过冬图”。我相信这样的情景许多人都不会陌生。

到了冬天，只要进了一户人家，好客的主人就会说：“上炕暖和吧。”不仅这样，他们挂在嘴边上的还有“上炕吃饭”“上炕说话”“上炕歇着”“上炕抽烟”“上炕看书”“上炕喝茶”“上炕打牌”，等等。这让人常常觉得炕才是一切，炕是一个家庭的中心。的确，有时候我们不得不说，一个家庭是以炕为中心组织起来的。人的生老病死都在炕上，从出生到终了，都是在炕上。炕与人的亲密关系真是怎么说都不过分。

记得从北部广大地区进城的人，由他们亲手设计的公寓楼曾特意在主卧室留下了修筑大炕的地方，惹得城里老户哈哈大笑。笑过了，设计者照旧筑起大炕，并通上火旺的炉子。

炕不是床，所以不能说“一张炕”。它要说成“铺”；更多的时候还要按“座”来算，平常都说“一座炕”，听口气就像说一座山一样。山是不能移动的，因而它一直装在游子的心里，化为永恒的参照和长久的思念。

2002 年 10 月 18 日

济南的泉水、钟楼和山

一

在济南住了二十多年，心中藏下的是最初几年的美好。济南素有三宝，即人人知道的杨柳、泉水和湖。我记得第一次去大明湖，沿岸走下来，踏着自然质朴的砖道，头上是飘洒的杨柳，再加上阳春三月，心里总是窜跳着一个响亮的字眼：济南。

的确，当年走进青石铺就的街道，石隙里就有水。不知有多少泉，大大小小，或在一处喷涌，或在默默渗流。它们想必是一个泉的大家族，在地下交织串联，然后分头出世寻找阳光。还有杨柳，印象里总是迎向太阳，总是在微笑。

说到济南，除了泉水和杨柳，然后就是具有异国风味的车站广场钟楼了。苍黑的建筑肃穆沉静，蒙着一层岁月的烟尘。这是济南的象征。我每逢出差归来，远远地一眼看到钟楼，心里就涌起一股热流，马上泛起的就是对自己城市的亲昵情感。

济南的龙洞山在东郊，是我所看到的北方最绿的山。我第一次看到它时，简直没有发现一寸裸土。到处都是生旺多汁的植物，是藤蔓纠缠。野果多得摘也摘不完，小兽四处乱窜，头顶上盘旋着鹰。这里的古迹残址不止一处，虽然让人痛惜，但也令人生出一种追怀的伤感。遗址上总有高大异常的白果树，有精工细凿的石柱。

龙洞山，神秘幽深的山。它同样可以作为济南的指代。

总之济南的泉和柳、钟楼广场、龙洞山三宗，是一座城市永久的标志，更是她不朽的纪念。我甚至想，当它们有一天消失或破损之时，也就是这座城市衰败的开端。

我爱济南，爱她的得天独厚、她的不同凡响的拥有。

二

现在的济南是干燥的城市，给人的印象是尘土飞扬。湖还有，泉水不多了。杨柳和其他各种树都活得勉为其难。模仿外国人盖了几座高楼，像中国的许多城市一样。我多么热爱自己的城市，可是泉水和杨柳在退却隐没，湖给整得惨不忍睹：沿岸安了摩天轮、各种塑料物件、玩器。我总是远远地躲开这个湖，因为我害怕触景神伤。

记忆中的泉水蹿起足有半尺至一尺高，现在什么也没有了。和泉水一起消逝的还有著名的济南火车站。那个美丽的钟楼，那片广场，曾经是济南的骄傲。可是它们令人难以置信地被拆除了，取代它的新火车站是半截凹在地下的庸俗建筑，灰头土脸，毫无可以让人记忆的风采。

不爱树，也不会有水。没有树和水，也不会有可爱的城市。几乎每一条街道马路都难免开膛破肚的命运，几乎每一个居民区都忍受着噪音的折磨。我相信这里没人能忘记夏天的酷热、冬天笼罩在城市上空的深棕色云气。

再说龙洞山。如今的绿色少得让人难以理解。动物也消失了。它们原来存则并存，失则共失。一座在干燥中等待什么的山，像济南四周所有的山一样。多了几座小楼，游玩之所。那一个个神秘的苍绿峰头哪儿去了？雄鹰哪儿去了？

除了缺水少树，我所爱的城市很快还将被汽车拥住。可是尽管这样，有许多人还在不停地为济南的种种进步而欢歌。

当她到了林木蓊郁的那一天，我会从中找到自己遗失的城市。

2003 年 4 月 24 日

美丽的万松浦

这个秋天我住在万松浦。这是我多年来第一次住在一个恍若梦境的地方。

书院有一个不大的院落，它约有一百余亩。说它不大，是指它坐落在两万余亩的松林里，在大海之滨，在一条长河的旁边。我的写作与读书处就在松林里，就面向了大海。一抬头就是松海之绿，就是波涛之上的各色船只。鸟儿们不停地在窗前嬉戏，探头向里观望，这使我愉快中反而不能专心。倒是远方的天际苍茫之色，引发我的邈远之思，让我想到此地此时的深意和情缘。我不能不一次次梳理心绪，沉浸和缅怀，于无尽的苍穹之间、极目之处，寻找自己的来踪与归路。

我心中是从未有过的清澈和安定，也是从未有过的多思和想念。许多事情想从头做起，又有许多事情想从头再做一遍。因为我有把握做得比以前更好。这时候没有过多的奢望，却有了更多的劳动的欲望。我和同伴们在读书写作之余一起盘算，想每人学一份手艺：有的学园艺，有的学陶工，有的学装裱；我则学木工。我想做一条很大的三桅帆船模型，还想做一些常用的器具。除此而外，依照原来的约定，我们还要每天到野外做一些工作，如除草、修剪、耙地、种植，莳弄茶园。这种活计每天不得少于五十分钟。与每天的苦读一样，这一切都是我们书院的功课。

很快，大家的皮肤比过去更黑了，举手投足间倒也少了许多呆气。思维也较过去直率单纯，并且有力。有客人说这真是个“桃花源”“乌托邦”啊。可是我们林中人却丝毫没有觉得有什么特别之处，倒是充实自然得前所未有。我们劳动，体力脑力并用，室内野外兼顾，乐而忘返，总是于太阳落山之际方记起收工用餐。

有一天，下午四点钟左右，我携锹具走向院子，不经意间打扰了七只公野鸡：它们正在墙边草地上觅食，胖躯长尾缓缓挪动，见了我一齐飞起，掠起的风都是笨重的。那七彩长尾啊，只有童话中才有。如此看美丽的自然离我们原本不远，仅仅是稍加看护，它就呈现出这般奇异。我于感动中连问数个朋友：你们可曾有过这样的机遇，一次竟发现七只公野鸡？他们摇头。

有一天早晨，一个朋友在书院松林上空看到了四十多只盘旋的雄鹰。

有一个下午，另一个朋友在书院的水杉树上一口气数到了一百多只喜鹊。

这儿不是“桃花源”和“乌托邦”，这儿是北方自然中的一隅。它在围困之中，它在等待之中，它在保护之中，它更在希望之中。不远处即是嚣嚣之声，幸有徐徐海风将其吹散，有涛涛松音稍稍覆盖。有什么美妙的情愫在这里孵化，然后就是艰难和欢乐交织的养育。

松枝上，我不时会发现一处修筑得十分结实的鸟巢——风起时它们仍然完好无损。

我在心里为这些鸟巢祈祷和祝福。

2003 年 11 月 12 日

穿行于夜色的松林

一

我听说松林是天上的乌云变成的，乌云是松林的魂魄。一片片松林死亡了，它们的魂魄就要升上高天，游来荡去，最终还要找个适当的时机落下来生长。我还听说红云落到地上生成了柿子树和紫叶李、枫树；常在西南方飘荡的灰云生成了大片的灌木；而白云则生成了白杨和桦树。

林木纷纷消逝的年代，也是云彩远远飘离的岁月。林之魂魄没有留恋之地，于是只得远去他乡，过西洋，越东瀛，最后找一些安生的地方降落下来。世上的事物有生就有灭，生生灭灭，浑成宇宙。有生灭就有喜乐哀愁，有呼号痛歌。我直到如今才算听懂了一点点林木之声，却不敢妄言转述。

二

许多时候云彩化而为雨，那是为地上转世的生命洒下乳汁。地上干枯无色的日子，是不必饲喂的日子，所以云彩徘徊不已，最后还是走开了。云彩降生的时刻是在深夜，在无声无响的一瞬。某个失眠者于乌黑的浑茫里探出头来，看到一片无边无际的雾气把大地笼罩个严严实实，一伸手十指皆湿，就在心里暗暗惊呼：天哪。他不知道这正是上天播种的时刻，大地上一片崭新的林木即将出世。

所以森林在地上诞生是最大的事情。有人隐隐感悟到什么，于是学习神灵所为，一到每年春天就搬锨动镬，谓之“造林”。

三

漫天的乌云在夜色里行走，发出若有若无的声音，深长而又隐晦。这声音让人想起大海深处的流涌。乌云留恋遥远的东方居地，从大洋彼岸赶来，俯视这一片千疮百孔的平原。一万两千多年前这里是茂密的松林：庄严，苍黑，高大英俊。就因为这片松林的关系，整个平原变得威风凛凛，接受四方礼遇。可是现在什么都没有了。关于它们消失的故事实在悲伤，所以这会儿上苍没有言说，只有默默注视。

乌云不能在一处长久地停留，它们于是继续游走。越过又一片大洋，往下看是茂密的白桦。乌云于凌晨三时，悄然落地，降生在桦林之侧。

不久这里将有一片茂密的黑松。

2004 年 5 月 26 日

东部：美城之链

胶东是山东半岛最东部的凸出，可谓半岛上的半岛，犹如伸进大海中的犄角。三面环海，一派葱茏，空气湿润，物质丰饶。这里在古代属于东夷，即东莱国，是最早的炼铁和丝绸工业基地，占据鱼盐之利。战国时齐国海内称雄，主要就是因为将东莱纳入了版图。

地域之富庶发达，必有自然优势和漫长的传统积累。所以说今天的胶东环渤海城市链的美丽和富饶，只是一种历史的延续，是具有因果缘由的时代翻新。《史记》记载的秦始皇几次东巡，都是直驱胶莱河东，过黄县、福山，再过烟台，最后站在了威海成山头大发慨叹，以为这里才是“天尽头”。

胶东一带概括和形容地域和环境之美之富，历来有一个说法，即“蓬黄掖”如何如何——就是指今天的蓬莱、龙口、莱州三市。三市连带盛产黄金的招远以及水果之都栖霞，与烟台、威海缀为一道美丽的沿海城市长链。由于临海而居，水汽充沛，所以这里与干燥的内地风貌形成了鲜明对比。环境又决定了民俗与性格，这里的人喜爱幻想，既有面对大海的豪气，又具备水的柔性。秦代大方士徐福（市）受命为秦始皇寻访三仙山，曾率领一个庞大的船队出海，航路直抵朝鲜南部及日本外岛，在时间上远比哥伦布发现新大陆早了一千七百多年。徐福的启航地一般被划定在胶东境内，专家认为他的老家就是“蓬黄掖”。这一历史大传奇表现了东部沿海居民的开拓勇气，与后来山东移民东北的壮举一脉相承——赴东北的主要是胶东人，从水路出发的主要口岸为古登州的龙口港。

今天的这道城市链上已经有了一长串港口：历史悠久的龙口港、烟台港、威海港，新兴的蓬莱港、荣成港、莱州港……在东西三四百公里的一线，竟然有若干大吨位远航港口，令人叹为观止。以龙口为例，早在二十年前一位大作家从这里乘船去津，面对繁忙的港湾中停泊的大片中外船只，就发出了阵阵惊叹。由此往东不出二十里就是龙口境内黄水河古港遗址，这是清代沿用了几十年的军港，直到后来被威海卫海上要塞所取代。

谈起威海必想起甲午海战，想起刘公岛。这座犄角上最东端的城市经历了戚继光的率众抗倭，再到近代的大海战，已是名声显赫。它由一个军事要塞、几个渔村，演变为今天的繁华都市，成为联合国确立的“最适合人类居住的城市”。

人们通常说的齐鲁文化，实际上是把两种区别明显的文化合而为一，并或多或少将鲁文化取代了齐文化。胶东半岛是齐文化的腹地，虽然齐国的都城远在临淄。齐文化的浪漫、亦仙亦幻、重商业物质、开拓和冒险的精神，是于海风吹拂中形成的，它与更加重视精神、强调政治及伦理秩序，念念不忘“君君臣臣”和“克己复礼”的鲁文化有所不同。所以后来道家文化在齐地而不是鲁地兴盛起来，像今天青岛的崂山、牟平的昆嵛山、荣成的铁槎山，终成为海内道教最显赫的几大名山。而栖霞市的滨都里，直接就是道教大师丘处机的故里，他一生宗教文化活动的最重要的痕迹，几乎全部留在了胶东。

由于地处沿海，大海蓝天白云绿树成为城市常伴，几乎每座城市都拥有自己引以为荣的海水浴场。这里的空气是透明的，夜晚可以看到少年时代的星光。春夏秋三个季节的中午走向室外，需要回避强烈的阳光。

像每一座城市每一个区域一样，这里也曾经饱受饥饿和战乱的折磨。在最艰难的岁月，密不透风的林木被成片毁掉，金碧辉煌的庙宇竟一夜烧光。经过了最悲惨最愚昧的年代，而后就是漫长的休养生息期。时至今日，半岛上仍有大力毁树的人，但也有倾心爱树的人，他们抓住每一个春天营造田园，敢让陆地与大海比绿。如今这里最应警惕的就是环境污染，因为上天的偏爱并不能代替一切，更不能万事大吉，小心翼翼的守护和疗救即在眼前。

正因为地处美丽的海中犄角，所以那些临海的大烟囱格外惹眼。有一天这些触目之物必将纷纷倒塌，代之而起的将是参天大树，以及树下更加令人向往的幸福生活。

2008 年 4 月

我跋涉的莽野

——我的文学与故地的关系

一

我常常觉得，我是这样一个作家：一直在不停地为自己的出生地争取尊严和权利的人，一个这样的不自量力的人；同时又是一个一刻也离不开出生地支持的人，一个虚弱而胆怯的人。这样讲好像有些矛盾，但又是真实的。我至少具有了这样两种身份，这两种身份统一在我的身上，使我能够不断地走下去，并因此而走上了一条多多少少有别于他人的道路。

我如果有机会为自己命名，那么我就想把自己称为一个“胆怯的勇士”。

我的出生地今天叫作“龙口”——好像日本也有这样一个名字；我上次来日本时听说过，但没有去过，也不知道它是怎样的地方，与我的龙口有怎样的区别。在过去，中国的秦始皇时代设立了一个郡县，叫黄县。这个县城今天还在，不过它所管辖的范围已经大大变小了，小到过去的十分之一。龙口市的设置当时没有，只是隶属于黄县的一个小渔村。到了 20 世纪三四十年代，才有了龙口市，与黄县并列。60 年代，龙口缩为黄县的一个镇。

80 年代初，黄县开始称为龙口市，当然它已经包含了过去的“龙口”。

龙口市今天的主要辖区是一片海滩冲积平原，只有市区的南部是山地，西部和北部濒临大海。占土地面积百分之八十的是平原。在过去，只有中间部分是发达的，而南部的山区和近海平原不仅贫穷，而且荒凉。我这儿要说的是我的更具体的出生地，它就是渤海湾畔的一片莽野。当时这儿地广人稀，没有几个村庄，到处都是丛林。50 年代中期依靠国家的力量在丛林当中开垦了几个果园，但总体上看还是荒凉的。我出生时，我们家里人从市区西南部来到这片丛林野地也不过才七八年。当时只有我们一户人家住在林子里，穿过林子往东南走很远才能看到一个村子，它的名字很怪，叫“灯影”。

“灯影”在我童年的眼里差不多是人间的一座城郭。那里有过多的喧哗和热闹，这一切在当时的我看来简直有些吓人。而今天看它当年不过是一个非常简陋的小村，村民以林业农耕为主，多少捕一点鱼。

我们家到丛林里来本为了躲过兵荒马乱的年月，所以只搭了一座小茅屋。想不到我们就在这样一座小屋里一直住下去，并且不再挪动，我也出生了。我一睁眼就是这样的环境，到处是树，野兽，是荒野一片，大海，只很少看到人。我的父亲长年在外地，母亲去果园打工。我的大多数时间与外祖母在一起。满头白发的外祖母领着我在林子里，或者我一个人跑开，去林子的某个角落。我就这样长大，长到上学。

二

我们家躲进林子的时候带来了许多书。寂寞无人的环境加上书，可以想象，人就容易爱上文学这一类事情了。我大概从很小时候起就能写点什么，我写的主要内容是两方面的，一是内心的幻想，二是林中的万物。心中有万物，林子里也有万物。这些完全不是林子外的同龄人所能理解和知道的。这成了我的特长，入学后，这一特长变得越来越明显了，也就飞快发展起来。简单点讲，这就是我的文学之路的开始。

随着年龄的增长，我接受的一个越来越大的刺激，就是人，特别是成群的人对我的刺激。许多的人一下出现在我的眼前我的世界里，不能不说是惊喜中又有些大惊慌。我从小形成的一个习惯，一个见解，这时候都受到了冲击。我习惯的是无人的寂静，是更天然的生活，是这种生活对我的要求。只有从学校回到林子里，才能恢复以前的生活和以前的经验，但这要等到假期。童年的经验是顽固而强大的，有时甚至是不可改变的。这就决定了我一生里的许多时候都在别人的世界里，都在与我不习惯的世界相处。当然，我的苦恼和多少有别于过去的喜悦，也都缘此而生。

说起来让人不信，我记得直长到二十多岁，只要有人大声喊叫一句，我心上还是要产生突然的、条件反射般的惶恐。直到现在，我在人多的地方待久了，还常常要头疼欲裂。后来我慢慢克服，努力到现在。但是说到底内心里的东西是无法克服的。我得说，在反抗这种恐惧的同时，我越来越怀念出生地的一切。我大概也在这怀念中多多少少夸大了故地之美。那里好像到处都变得可亲可爱了，再也没有了荒凉和寂寥之苦。那里的蘑菇和小兽都成了多么诱人的朋友，还有空旷的大海，一望无边的水，都成为我心中最好最完美的世界。

对比我的童年，我的成人世界是这样的不同。我对这个越来越吵闹的成人世界是反应强烈的。我当然不喜欢，不习惯，本能地要躲避和反抗。同时我也越来越明白一个简单的道理，就是这个世界的大部分、它的大多数时间，总是要充满了喧哗的。这是我们不得不接受的一个事实。问题是每个人接受的过程和方法都不一样。我在接受的同时也充满了幻想和反抗，我对付它的方法就是不断地靠想象返回自己的过去，进入我的那片莽野。我觉得四十多年了，自己一直在奔向自己的莽野。我在这片莽野上跋涉了这么久，并且还要继续跋涉下去。我大概永远不能够从这片莽野中脱身。

这样，我的写作大约就分成了两大部分。一部分直接就是对于记忆的那片天地的描绘和怀念，这里面有许多真诚的赞颂，更有许多欢乐。另一部分则是对欲望和喧闹的外部世界的质疑，这里面当然有迷茫，有痛苦，有深长的遗憾。我这当中有一个发现，就是拥挤的人群对于完美的生存会有致命的毁坏。他们作为个体有时是充满了建设的美好愿望的，但作为一个群体是必然走向毁坏的。我的这个悲观影响了我的表达，也影响了表达的色调和方法。

我觉得与人的交流和交往既是通向极大发现和惊喜的过程，也是引起最大沮丧的原因。人与人的交往奇累无比，许多时候是痛苦的、劳心劳神的。而与自然万物的交往则简单明了得多，容易得多。人在自然中的欣悦，简直是无以形容的。人离开了这种交往，就是陷于苦恼的开端。这儿我要举一些例子。如中国和东方的许多国家，其中的一大部分智者都出家了，当了和尚或者尼姑。他们那么聪慧，未必不知道人间的欢乐幸福，可是他们权衡之后，也仍然要放弃世俗生活。还有，西方的一些大智者、大文学家艺术家在闹市中过着一种波西米亚式的生活，也是对世俗生活的拒绝。其原理非常简单，就是说他们不是不爱人，而是被人与人之间的烦琐悲伤折腾得实在是够了。

作为一个不自量力的人，我觉得身上有一种责任，就是向世人解说我所知道的故地的优越，它的不亚于任何一个地方的奥妙。一方面它是人类生活的榜样，是人类探索生活方式的重要补充，另一方面它也需要获得自身的尊严，需要来自外部的赞同和理解。奇怪的是我有时甚至觉得它的尊严的取得必要加上自己的一份努力才行。基于这样的理念，我没有过多地回避，相反我是更深刻地介入了当前的生活。我的一大批文字正是因此才充满了呼喊之尖厉的。将眼前这个世界与我心目中即过去的海边世界作一比较就可以发现许多问题。大遗憾大觉悟，还有一些想法，也就产生了。我在很长一段时间认为两个不同的世界是可以互相交融的，后来才渐渐发现这只是一种妄想。我只能永远地属于原来，而后来的世界我是无法真正地进入的。就是说，对于这个热热闹闹的社会而言，我可能永远保持了外来人的感觉。

三

我 1975 年发表了第一首长诗，现在已经找不到了。我记得那是写一个复员的老红军在海边上吹号的故事，是一首叙事长诗。

海边上要开垦荒地，要兴师动众，所以也就有了一个在工地上吹号的人——他把垦荒多多少少当成了打仗。这是怎样可怕的一场战斗，开垦的结果是大片丛林不见了，我过去的莽野不见了，各种植物动物不见了，代之以农田之类——后来就是沙漠化，干旱，是惨不忍睹的环境。我当时不懂得后果的严重性，还觉得好玩，迷着他的大铜号。

如果是现在，我当然是做不出这样的诗的。那时吹号的人在莽野上，他与它一起组成了一个童话。我喜爱这童话，不知道这童话背后隐含的可怕的东西。

大约就是从那一场开垦开始，我的那个真实的世界被破坏了。现在它已经不成样子，树木稀少，尘土飞扬，人比树多得多。还有，大多数楼房也比树高得多。海也变浑了。我们现代都市人都知道这意味着什么。我的母亲常对我回忆起往昔，回忆那时在莽林里迷路，还有捡不尽的蘑菇之类的事。她说，当时柳树林里的鸟儿太多了，它们每天夜里翅膀碰下的干树枝就是用不完的烧柴。其实这些我都记得一清二楚，母亲的叙说不过是加深了我的疼痛而已。我心痛我们的林子，我们蓝蓝的大海和洁白的沙滩。

这种痛，还有因痛而生的恨，是外地他乡的人无法理解的。想想看吧，一个人只有依靠幻想才能回到心爱的故地，这是多么悲伤。造成这悲伤的是纵横交织的一些人和事，好故事和坏故事。所谓的人事变迁，残酷与善良，动荡的岁月，就是这些组成了历史。我不得不写这样的历史，写这样的一些愉快和痛苦的故事。我的不懈的写作是基于这样的情结的，它是关于维护一个人生来就有的一切的，那是幸福和美好的拥有。它是关于活着的理想，关于这个理想的强调。有人可能认为这又是许多人谈过的环境保护之类，当然，也包括了它。可惜还远远不止于它。我在谈人类生存的全部，谈人类追求完美的权利、执拗和本能，她的现在和将来。

也许美好的理想在我童年的眼中给放大了，但我心中的真实感受是不能剥夺的。说来有些可笑，我神交日久的日本朋友，还有西方一些朋友，当他们提出到我的故事发生地龙口去看一下的时候，我常常要产生一种莫名的羞愧感。我甚至多少害怕他们看到现在的龙口。不是说它现在一无是处，绝不是，而是过去的最美好的一切全都没有了。那个近似于童话般的世界没有了。人类生活是充满了不少苦难的，没有童话的世界是非常难熬的。失去了童话的地方，这在我看来还有什么可看的，还有什么值得骄傲的？众所周知，日本是一个“卡通”（cartoon）大国，“卡通”即充满童话童趣。可见日本尚有许多人向往童话。

我强烈地、不屈不挠地维护着我的故地。

在我看来，整个世界都变成了一片莽野，它由于变得狼藉，就和现在的故地连成了一片，变得眉眼不分。而过去它们是分开的，它们有所不同，并且是极大地不同。我还相信，世界的每一个角落，最初都和我原来的故地差不了多少，也都是绿意盎然的。也就是说，更早更早，大地也是连成了一大片的；从某种意义上说，那时的人可以在大地上随意创造，随意行走，并且永远欣喜愉快。

四

不用说，我对于正在飞速发展的这个商业帝国是心怀恐惧的。说得更真实一点，是心怀仇视的。商业帝国的中心看来在西方，实际上在自私的人的内心——包括我们的内心。我之所以对前途不够乐观，是因为我们实在难以改变我们的内心。许多人，古往今来的许多人都尝试改变人的内心，结果难有效果。这说到底是人类悲观的最大根据。

东方国家的文化中有一种优雅的东西，那真是一种好东西。可惜，它在今天已被商业扩张主义给彻底戕害了。优雅是人类与自然智慧相处的结果，是人获得真正自由的表现。而现在的商业扩张主义对自由的包装，是多么虚假和脆弱。人成了单纯的商品的经济的动物，还有什么自由可言？商业扩张主义会在一切领域培养出一大批粗野的人，并最终让这些人统治我们的生活，那时的人类将最后告别“知书达理”的文明社会。

如上所谈的一切，很容易让人想到文学，想到文学的作用。不能说只有文学才有反省和幻想的力量，但文学的确是商业扩张主义和物质主义的死敌。可见，文学家在今天不自觉地就成了浪漫的战士。而作为一个战士，我心中却装着莽野，一路踉踉跄跄地跋涉。但我自己并不觉得这有什么滑稽，就像我不觉得文学有什么滑稽一样。

在以金钱和性的欲望为中心的这个世界上，我们的生活真的变得越来越危险了。在谈论这种危险的时候，我发现最真诚的人，仍然还是那些文学家，是诗人。其实我们要求这个世界的并不多也不过分，在自然环境方面能像过去的黄县／龙口一样就行了，像那时候，我们还有个“灯影”。战乱，贫寒，这些不能要。可是战乱和贫寒并不是美好的自然环境带来的。相反，历史上的大多数战争，还有贫困，都是商业和利益的争夺造成的。

我不仅希望文学家，而是希望所有的人，都能对这个疯狂的物质世界有一种强烈的反应，都不要与之合作。到了这样的时候，世界才能慢慢走向良性发展。现在的人对商业扩张主义是很顺从的，并且积极投身其中。这等于是在玩火。

没有对于物质主义的自觉反抗，没有一种不合作精神，现代科技的加入就会使人类变得更加愚蠢和危险。没有清醒的人类，电脑和网络，克隆技术，基因和纳米技术，这一切现代科技就统统成了最坏最可怕的东西。今天的人类无权拥有这些高新技术，因为他们的伦理高度不够。我们今后，还有过去，一直要为获得类似的权利而斗争，那就是走进诗意的人生，并有能力保持这诗意。

文学的意义说到这里已经非常之清楚了。

文学家是一些一往情深的挑剔者，他们很关注人们与这个物质世界的关系，也很难与这个世界融洽相处。

我如果能像一个外人一样遥视自己，会看到这样一个图像：一个人身负行囊，跋涉在一片无边的莽野之上。对我来说，这是一次真正的奔赴和寻找，往前看正没有个终了……

2000年11月于日本一桥大学

外省及其他

凝重内敛安详的品质 / 它表达了什么

《外省书》是六年来甚至更长时间到处行走的一个结果。到处走，城市、乡村，也包括海外，生活的场景不断变化，收获也会有所变化。对我来说这是很积极的一部书，主人公史珂是很积极的一个人物。在这部书中所表达的东西比较复杂，觉得这六年来世界上发生的事情太多了，很难简单做出判断。这个叫史珂的人，经历了那么多事情，基本上是家破人亡。他经历了文化、经济甚至整个民族的那种接近崩溃的灾难性变故。在一般的正常的情况下，他很难活下去——万念俱灰。可是这个人还能够活下来，主动选择他自己的生活 / 思想方式。在我眼里他是一个很了不起的勇者，所以说是很积极的一个人。

很多人认为主人公总会是作者的影子，这是一个很自然的联想。但从这本书中你可以看到，史珂的立场大概不完全是作者的立场。他是一个独立的人物，他的好多看法、观念，作者可能并不赞同。作者会比史珂这个人更激烈、更偏激。他的年龄比较大了，比较宽容，有许多时候懂得保留。但他有存于内心的勇气。觉得他是很值得学习的一个人，将来如果老了，能够老成史珂一样就很理想了。不是说他个人的遭遇，那也太惨了点。是说他作为一个人的硬度，一个人判断的勇气，即不妥协的精神。

一个人的真正硬度 / 史珂的精神和意志

他不妥协：在任何时候都敢于问一个为什么，不慌。能够在世事面前不慌的人特别少。就是想写一个能够在这个时期留下来并值得学习的人物。与别的书里那些寄托了深厚感情的形象比，只有史珂的差距与自己比较大，比如他的经历、性格，他思考问题的方式。

写这部书，一部分原因是出于对史珂这个人物的怜悯、钦佩，还有爱以及对他寄托的非常大的希望。觉得这种人在行动，史珂在行动。简单地说这是完成这部书的原因。

写作时间 / 跟随一个人物 / 发现和寄托

六年里，真正写，一笔一笔落到纸上的时间加起来不是很长。但跟这里边的人物共同走过的道路不止六年了——到许多地方搞调查，跟朋友在一起，到北京，南方，上海甚至国外，都有跟史珂生活或相伴的感觉。原来用第一人称写，写了三分之一的样子，觉得叙述的角度有点别扭，然后就把结构打破了。重新写，整个工作就废掉了三分之二，保留的东西很少。就这样又写了许多，直到写成现在这样一本书。在这六年里，是把最饱满的情感留在了书里。

不能指望许多人理解这部书。常看到有人把史珂简单归纳为消极的、被动的、落魄的、没有行动的和沮丧的。其实正好相反。

如果你认为史珂不行动那就大错特错了，史珂这种人物，你还能让他怎么样呢？他是个思想者，一个用笔记录思想的人，更是一个时代里非常积极的行动者。他有可能会受到制约，但制约的结果是他对制约的粉碎和挺进。

有时单纯地揭露事物，或者写一些社会上非常浅薄的行动者，都是缺乏深度的。我们最好不要走那样的道路了，最好走另一条道路——写出这个时代的另一类人：他们到底有可能怎样行动，他介入社会的深度和广度，他的真实的情况是怎样的。

一种沉潜的气象／发力深长

沉潜是我重视的一种状态。历史上有不少好书，都是具有沉潜的精神气质的书。现在就不行了，热闹的书太多了。想写一部短小的，节奏加快的，甚至也不乏热闹的书——但有人能读出字里行间那种沉潜的东西。这部书和别的书比起来，可能它完成的方式也有很大区别。它留下来一些东西，删掉的东西却很多。这样的删除指两方面：一是从接近三十万字割掉的部分，再就是直接从脑海里大量删掉的东西。有意把这部书的发力变得深长一点，这样它落实到字面上就不一样了。如果真是一部有内容的书，总会遇到好的读者，敏感的读者。时间会让人看到它的浅薄或不浅薄。作家应该相信这个东西。所以有人总要求我们能够很安静地写，能够学会割舍功利。

现在的书很多，能够写作的人很多，能出书的地方很多。可以说写作成了一个最平凡的事、最简易的事、最容易做的事。但恰恰是现在，是这样一个时代，书才是最难写的。你如果让力从心中发出，蓄志一定要写好这部书，直写到满意为止——这样的书必会找到它自己的朋友或敌人。好书都会找到自己的朋友或敌人。

生活状态 / 游走还是安居

写这部书时，游走和安居相结合。这六七年来，大部分时间都在走，到过许多省份、许多城市，但主要还是住在龙口。要把这个时代的病戒掉，一定要远离所谓的文化艺术的中心——文化艺术从来不会固定在这些地方。在省城待的时间也很少。一辈子都不会住在热闹之地，在济南也住在郊区。更多的时间是住在乡村、海边。

有时也会去日本、美国，去包括纽约、东京、巴黎这样繁华的城市。日本在亚洲商业上是最热的点，纽约在全世界是最热的点。但不是因为喜欢它才去那儿，是不得不去。需要到那些地方去看，去感觉和了解它们。不知道它们就等于不知道所在的乡村或海边。那么反过来不知道中国真正的民众，中国非常穷困的市民，很多贫苦的农民——那些你想都想象不出的在穷困中挣扎的农民，不了解这个，同样也就不会了解纽约，看不懂所谓大阪、东京，看不懂那些所谓的欧洲核心国家。

文化这种东西有时是需要感觉的，感觉建立在对比和一种立场上。我见过的很多夸夸其谈的人根本没有什么立场。没有立场他怎么能把握事物？他把握不住，只会随波逐流，最后在这种流动中化解掉。你现在看到的一种写作和一百种写作都是一样的，都是同一种面孔同一种气味。所以现在很少看当下的那些书，看不看都一样。

世界性的眼光、视野和胸怀／出走和返回

什么是世界性的？有人认为他的作品翻译成外国的语言，有多少外国人喜欢，得了什么外国的奖这就有了世界性——其实恰恰相反。什么时候有世界性？就是当他真切意识到他脚下的土地和曼哈顿，和纽约，和世界任何繁华之都的土地都是等值的，都需要按平方计算的时候，这时他才有了世界性，有了世界的高度。我在日本的一个大学说过：任何一个民族，无论多么弱小，它的文化中心和艺术中心都只在自己民族的中心和内部，而不会在其他任何别的地方。东方到西方去寻找中心，汉语到英语世界去寻找中心，说到底还不是可笑的。现在东方的创作处于一种焦虑状态，这个焦虑不解除，没有文化上的自信和放松，就很难产生自己民族的大作家。

为什么说现在是一个精神和艺术上的悲观时期？就是全球一体化，对外的窗口打得很大，全球一体化、网络时代，这些说到底都是反艺术的，都是西方文化中心论的最好的土壤和温床。所以说现在是作家，包括思想家、人文工作者们最危险的时代。这个时期很可能没有冷静、没有个性。而没有文化上的自信和自觉，一切的努力都等于没有。赶时髦不行，越时髦越坏——怎样在时髦的时代写出最不时髦的文字，这才是中国作家面临的任务。

经年累月的孤寂／内心的强大支撑

实际上人就是这样活下去的。人的生活方式和状态不一样，有人就是喜欢静，喜欢这么过。真正的写作是极限运动，写书是

对于体能的巨大消耗，是对死亡的体验。真正进入写作的时候，会写得脑子怦怦跳，会连续失眠，整个人进入一种不可以康复不可以逆转的衰败状态——这都是别人体验不到的。而恰恰是在这种时候，需要你保持强大的思索和幻想联想能力，需要你像一个章鱼一样，把你面前的这个世界牢牢控制在自己的手上。写作的这种挑战性和极限性是我需要的，觉得一个男子汉就应该有勇气面对这种挑战。

志存高远的作家不会把写作当成一种功利性的东西，或者这种因素会随着年龄的增长变得越来越少。他会把写作当成能够安慰自己生命的最有效的手段。活下去需要勇气，活下去需要做事情，每个人都要选一样最喜欢的事情，比如说写作。他这一辈子觉得做这样的事值得，这个事看起来简单，每天都在做，实际上是非常可怕、非常严肃、非常要命的一件事。从这个角度讲，没必要着急，有这个事情做就可以了。

人实际上是非常寂寞非常脆弱的。傲慢的人，张狂的人，有的是因为年龄不到，有的是因为特别浅薄。人有什么？短促的一生，他解决问题的方法和能力只有那么多。当一个人随着年龄的增长越来越觉悟到这一切的时候，他就会选择一个能安慰自己短促生命、能让自己解除寂寞的事情，比如说写书。觉得这是有意思的，能解除自己的寂寞和孤独。这是面对自己的武器。从这个角度讲，像《外省书》这样的书，本无所谓好或不好，有关它的生命的质地也就是这样了。

书是人的生命的结晶和支撑。现在写作的速度在减慢，出书的数量在减少，就像史珂说的：写作的时候要“字字戳准”。以后写作大概都要这样。不担心各种印刷品会埋没自己的书，为什么要担心？它没有和其他外在之物一竞高低的企图。写这部书，兴奋是自己的，安静也是自己的，它也许是不为他人理解的、与人难以达成共识的、面对人间万物的悲悯之物。它和自己的生命密不可分。

写作的重要／时代的感慨与现实境况

觉得这个时代对写作具有帮助，甚至可以说有幸生活在这个时代。这个时代的痛苦和欢乐，它的一切正面和负面的东西都在帮助人，让人体验深刻、悲观。它帮作者走向思想的彻底性是足够用的了。这是一个时代对人的恩惠。这个时候让作者变得更像一个人，而不是一类人。

其实一点也不怕在这个时代丢失一些所谓的时髦的东西，落伍的东西。一点也不用担心，走得再远也不用担心，我只担心失掉感情。人只要有感情就有希望，就还像一个人，还能写作。

这次去日本看广岛原子弹爆炸纪念馆。它用现代声光技术恢复了当年真实的情景。那个场景的残酷让我恐怖。那天正逢日本的初高中学生毕业去那儿接受教育，但发现日本的少男少女把纪念馆当成了游乐园，刚从那儿出来就欢笑奔跑游戏。当时觉得这些孩子的笑声是世界上最可怕的笑声。人失去感情是非常容易的，特别是在现代，人唯恐不新，唯恐从道德的角度判断一点点事情，连做人的底线都不准备要了。这样的时代是可怕的。

现在不相信一切没有感情的写作，不相信一切不敢谈道德、没有勇气面对道德和伦理的文化人。对这样的文化人我充满藐视，不跟这些人为伍。但愿变得越宽容越苍老越懂得过日子，就越会有勇气面对他们恐惧的东西。

这个时代真正意义上的作家一定要对这个时代的喧嚣芜杂、对这个时代非常轻率的写作有一种藐视和否定。失去了这些也就真的失去了希望。

谈自己的创作是无聊的。实出无奈，这次路过北京还是谈了不少。

2000 年 11 月 19 日答《南方周末》

传统和现代

中国作家兼写散文、诗歌、小说的传统

在中国，大约明朝清朝之后，许多诗人也可以是小说家和散文家。因为这以后，特别是清代的长篇小说《红楼梦》产生之后，长篇小说就变得比较高雅了，在地位上可以和诗与散文相比了。这些小说的诗性很强，与诗人的志趣情怀相一致，所以诗人也写小说。至于说散文家，基本上历来都是诗人。

我由于不写通俗小说，所以一直努力将诗性贯穿在我的所有创作中。这样，文学的不同品种，对我只有形式上的不同而已。当然，这也是中国传统文学的道路。传统文学的主要部分并不是为了娱乐，它不太具有这种功用。至于通俗文学，如言情和武侠小说，在中国的传统中一般不作为文学看待，而是看作“话本”（曲艺类）。在今天，这种看法也大致没变，文学的主要意义和功用并不在于娱乐；而言情和武侠小说基本上仍然属于曲艺的大类，是真正的娱乐品。

在巨变中接受哪些激励

中国自 80 年代对外开放以来，西方文化的影响加大了。就

文学而言，拉美文学对中国作家的影响也很大。这对中国作家增加自己的艺术表现力是至关重要的。这当然是好事。我是这个时期西方文化和艺术的受惠者。

但是，后来我发现中国的传统文化在中国新时期文学中被丢弃了许多，这又从根本上影响了中国文学的进一步发展。出于这种担心，我开始了对中国古典文学的潜心学习。这对我的文学道路产生了明显的好处，有纠正作用。

北方派和南方派 / 自己属于哪一派

我出生并一直生活在北方，所以我的作品的风格特征大概是属于北方的吧。

一般都认为南方的柔细，北方的粗豪。但是每个个体会有差异。我出生和生活的地方是中国的胶东（在山东半岛的最东边），它在文化上又与一般的北方不太一样，它可能多少有点南方情调吧。但总的来看还是属于北方，只不过与中国的大西北和东北地区不一样罢了。

当代作家的敏感 / 表达方式

中国的每个时期，各方面的创作，如小说、戏剧、诗、散文等的发展并不平衡。有时候会有某一个品种的兴旺。比如唐代的诗，宋代的词，元代的戏剧，就十分发达。

在当代，中国作家的全部创作中，好像在小说方面更兴旺一点。

而对于某一位作家，他又可能会有自己创作的重点。比如当代中国小说的繁荣，并没有妨碍这里同时也出现一些很优秀的诗人。

中国是一个传统意识很强的国家，在这里，一般认为就文学形式本身而言，也是有高贵低下之分的。在中国古代，文人们长期以来认为诗才是最高贵的，散文在其次，其他更次之。

不过，在今天，由于高雅的长篇小说、现代小说，在很大程度上包容了诗和散文甚至戏剧，所以也就多少缓解和打破了原来的那种格局，当然也就在一定程度上改变了那种认识。

对现代性有什么看法

我认为“现代性”不应有固定的标准和内容。因为每个时期都有它的“现代性”。所以，在不同的时期，不同的民族内部，一部分人会有他们自己对于“现代性”的理解。比如，现在的所谓的西方现代思维的组成部分，它的强烈的商业主义，在中国文化中就是原始的、野蛮的，因而也就谈不上是“现代”的。这里有个文化差异问题。

文学的“现代性”讲不清楚。它是指内容还是指形式？还是二者都有？文学中，“现代性”的本质是什么？这些都需要许多思考研究。

电脑对中国作家会有什么影响

大家好像都在用电脑。电脑仅是一种工具，一般来说不会有什么大的影响。可能只是更省力了，写得更快了。

我在写自己特别看重的作品时，尽量不使用电脑。因为我还是怕“影响”，哪怕它只是很微小的一点。

在中国当代文学界组织或参加什么活动

我是专业作家，日常工作是写作。我去年编了一本纯文学杂志《唯美》。参加讨论会的时间很少，基本上是不参加。

读者见面会一类，我一般也不参加。

在中国，畅销书作家参加见面会可能要多一些。记者采访，回答问题，我在可能的情况下是接受的，因为我认为这只是作家创作活动的一部分，是另一种表达方式，等于是写散文。这与“见面会”之类的活动是完全不同的。

网络的飞跃发展会不会使中国文学被重估

网络对当代文学会有一定的影响。这主要是它的传播方式决定的。网上各种风格和内容的创作都有，发表者几乎没有忌讳。但一般来说网上的文学作品比较简单和幼稚，还有，不可避免地夹杂了许多文字垃圾。不过它们总是十分大胆，这就冲破了一些旧观念旧格局，对于整体文学的发展会有好处，比如说起个“激活”的作用。

网上文学不会成为文学的主流。文学好像天生是属于纸张的，这一点如果有了根本的改变，文学也就从根本上改变了。

从某种意义上说，文学是有赖于人们对于传统阅读和写作方式的维护而得以存在和发展的。这一点信念，我，相信还有许多作家，大概一时还难以动摇。

2001 年 4 月 25 日答法文译者 Chantal Chen-Andro

谈 简 朴 生 活

简朴的观念

谈简朴生活、表达这方面的观念的书，已经出过不少，写得大多好读，有趣味。不过其中有一些，其实是讲衣食无忧之后，怎样过日子才更舒服、更雅致的。有人以为它正好和现在这种欲望的消费的社会是对立的——但作为对立的观念推广出来，却多少有些不对位。欧洲出过这种书，美国也有，而且很畅销。看来追求雅致的生活，已经超过了追求实用和简朴。

许多人认为中国人这段时期特别需要简朴地生活着，不要大手大脚，需要多灌输这种理念，需要讲讲它的道理。人们认为这种简朴生活能够挽救和赢得未来。怎样把简朴生活的好处讲足，并尽力讲得通俗易懂，讲得很身边化、市民化，也不容易。

中国人口这么多，不提倡简朴生活，不建设节约型的社会，对能源的消耗会不得了，对人类生活空间的争夺会不得了。当然倡导这种生活的理由很多，也很现实。至于精神层面的讨论，要深入下去就难了。

在一个以消费拉动生产的资本主义理论大框架下，要谈简朴生活不仅困难，而且容易变成一种奢谈。现在的主要潮流是千方百计地引导消费，千方百计地让人把手中的钱花出去，这又怎么会简朴下来呢？

这样看，好像奢华生活的对立面，就是简朴生活。但也有人认为，过惯了奢华生活之后，上升到一个更高的层面，才有了简朴的理念。这里可以注意，他们的这种简朴，其实是一种更加讲究和雅致。于是，这种简朴需要极大的经济保障，需要有闲，需要具备比较精致的文化修养。

结果这样的简朴就有了许多的烦琐。有了大量的准备，大量的功课，而后才能进入简朴的境界。

简朴即便作为一种进步，在这里也被大大地复杂化了，概念化了。

不错，简朴谈的是人和物质的关系；但简朴就是简朴。

不被物质所累

一位海外朋友说，有一次一个政客在拉选票时，不停地谈今后要怎样为当地搞来更多的钱。当地的一位老太太听着听着就插话说，我们不再需要这么多钱了，我们的钱已经足够花了，我们现在最需要的，是要我们的孩子还能够继续到海边捡贝壳。

老太太的话让在场的人一愣，随即一片掌声。政客是蒙的，一时对不上口，因为他一辈子也搞不懂这是怎么一回事、怎么一种逻辑。

老太太的要求简单之极，而且这么具体：能够让孩子捡到贝壳。她的要求看起来极小，其实很大。因为海边的贝壳没有了，要解决这个问题看来不是个小问题。究竟是怎么将贝壳弄没了的，这可能是一个极复杂和极长的过程。这显然并非是一日之功过。所以老太太的要求看起来小，实际上大得不得了。

海水污染到怎样的程度，又经历了怎样的阶段，老人没有谈得太多。她只是要求捡到贝壳。类似的要求，有的地区还化为了行动。比如有的地方为了保卫自己的生存之地，民众能够一齐躺在海滩上，躺在隆隆前进的机器前面，宁可死了也不让开建有害的工厂。这样的民众一个会等于一万个，所以有没有这个力量大不一样。西方人说“牛奶不好，奶酪也不会好”，就是在说民众的普遍素质与管理者的素质，讲这二者之间的关系。

所以我们平时也需要从讨论“牛奶”开始。可是我们现在很多的时候，仅仅放在讨论“奶酪”上，却忘了奶酪是从哪里来的了。当然，后一种讨论也是必须的、紧迫的。

小资的生活理念很流行，这可以理解，但不能不将其多少作以分析和区别，特别是不能将它混同于简朴生活的理念。在“大资”们看来，小资们已经很简朴了，这种生活简单而又不失体面，故可以谓之“简朴”。其实呢，简朴与否，这不仅是个物质葆有的程度问题，还有精神质地的问题。小资的简朴理念与真正的简朴生活理念，这之间的区别当然很大。

粗粗一看，小资们似乎涉及简朴生活，大谈小城或郊外风光，还有旅游远足之类。这就是简朴吗？那么怎样的奢华才算是不简朴？如果仅仅是走向了这种所谓的“简朴”，离更大的奢华大概也就不远了。

自然环境回到原来的、好的生态时期，对自然环境来说就是一种简朴。人文环境回到诚实和有信，对人文环境来说就是一种简朴。简朴就是真实无欺，就是极为符合人性的一种简单。简朴当然不会是简陋，不会是“穷棒子精神”。

现在这个时期的中国，刚开放不久，向西方学习，某些人很向往资产阶级，特别是小资产阶级的生活。因为大资产阶级学不了，台阶更高，所以先学学小资。将来有了条件，就肯定会学大资。欲望是没有止境的。现在不学小资，不是觉悟，而是财力所限。所以这时候围绕着小资话题，从这个角度，谈了那么多的简朴和简单，实际上也是不得已而为之，是退而求其次的做法。

简朴生活不是在对比中被确定的，小资生活也并不能因为大资的对比而变成了简朴生活。简朴是一种生活质地，是精神也是状态，这与第三世界初来乍到的小资生活毫无关系。

有人在商品经济中发了财，然后就卖力地推销一种生活方式，什么怎样抽雪茄，怎样吃巧克力、喝红酒，这方面的知识印成的图书一排排的。小资的欲望调动起来是很容易的，调动者完全不负责任。据说这可以让人变得高贵。他们闭口不谈这样也可以让人变得轻浮。要知道雪茄巧克力之类不是土生的国货。把洋化生活等同于高贵的生活，这是什么心态和逻辑？

有人引进欧美，特别是美国简朴生活的概念。我们觉得不是那么回事。讨论一下什么是简朴，简朴的必要性和可行性，简朴的理念，在这个时期十分必要。因为不同的理念会引导不同的生活。这些都得想透，不能人云亦云。关于整个欲望社会、消费社会，从能源消耗到伊拉克战争，不妨什么都想一想。因为这是一个立体的问题。有人不断地举例，说一些欧美头面人物所谓的日常“简朴”，我却深深怀疑。通常是，巨大的奢华和资本的拥有者才会去灭亡别人的国家。

谈简朴不是反对人类强烈的求知欲，不是反对科学，不是推广愚昧，不是清教徒，不是反对俗世。简朴正是回到真实的俗世，是不为物质所累。简朴会让人类社会生气勃勃，会保持和推进人类的文明成果，会让人类长存。不妨回头看看自己的历史，如春秋战国，如秦灭六国，最后灭亡了齐国。

齐国的科技和物质在当时是最进步最丰饶的，出土的车马文物何等华丽精巧。轿车上都铺着地毯，漂亮得不得了，到现在看也是极为舒适的，上面还有酒柜，有精美的酒具。在艺术上，像韶乐，令孔子听后三月不知肉味。但这样一个大富大贵的齐国，最终却被秦国灭亡。而同时期的秦国粗陋多了，他们只举着冷兵器从西部打过来了。

齐国被物质所累，上层人士一味追求奢华，哪里还谈得上简朴生活。齐的鼎盛时期是威王、宣王阶段，那时的国都临淄如何了得。齐的昌盛与占领东莱古国有关，这个古国在胶东，可能以今天的蓬黄掖为核心。齐国从此大得渔盐之利，还据有了天下最大的铁矿、最先进的炼铁技术。它的边界最远的时候到了莱芜。从此齐国的纺织、大米天下无双，还有无数的战马和铁器。这就有了后来临淄国都的“举袂成云，挥汗成雨”。

它物质上这么发达，在当时是最不愿过简朴生活的一个国度，所谓的经济最繁荣、科技最进步、生产力最先进，但就是被最不发达、最粗蛮的秦国给灭亡了。物质和文明是伟大的创造物，但是它也能使一个民族很累很累。

看来一个民族真是需要简朴的生活理念，要活得清爽一些。

时间和生命

文明走向烦琐，物质走向奢靡，结果会是极可怕的。如今天，有的城市上班路上需要花掉四五个小时，这种情况已不罕见。私家车特别多，交通状况不行，道路永远要车满为患。看来这部分挤车烦得要命的人，要忍受一辈子了。省会以上的城市，才刚刚开始这种厌烦的生活，他们厌烦这种无边的烦琐和无处不在的物质主义。

大概有智慧的人，以后要设法躲开省会以上的城市了。为什么？就因为耗不起，就因为时间是生命。生命不是无限的，它有长度。在城市长期煎熬，这太可怕了，而且每天如此，年复一年。

怎样搞物质，怎样搞小资这一套，有人可以到处做报告，推销他们的理念，还说是过简朴生活。其实这全是骗人的胡说。跟上他们跑，单是时间上就花不起。

在海外有位佛学大师，感动了很多人。她的钱多得不得了，发展了很大的医院和大学，在世界上的许多地方都做了一些慈善事业，影响极大。但大师并没有丢掉本色，每天还要体力劳作，起早诵经，种地制茶，做蜡烛卖，还开了个有名的蜡烛作坊。吃饭也非常简单。大师是弘法的，但她从简朴生活开始做起。

大师事业搞得很大，也就有了一些很漂亮的场所，有星级宾馆。但无论物质搞得多么好，多么丰足，都尽可能不被它所累，而是用来回报社会，比如说办教育、办医疗，还有一个很大的出版作坊，自己印刷，自己发行，把向善的精神传遍四方。世界各地，像非洲，都有大师援建的项目。

在有限的时间里做尽可能多的事业，将一切的耗费时间的无聊之事都尽力地压缩掉，这不是最大的简朴吗？其实人间最大的浪费和奢华就是把时间糊糊涂涂地打发掉，把时间贡献给不值得的东西。前一段有个口号，叫作时间就是金钱，说得太小作了。时间哪里是什么金钱，时间是更要命的东西，是生命。不要时间，就是不要命。

清清爽爽的人生，就是只看重时间的人生。这种朴实的认识与简朴生活的理念当然是一体的。

简朴就是劳作

只想享受，不想劳动，哪里会有简朴。有人只想做一些简单的工作，用以调剂日常生活，这不是什么劳动。劳动是出力和流汗。所以有的谈简朴生活的书，说的都是怎样到室外活动，干一点无伤大雅的活儿，说这样对身体和精神有利。这是养生。这样的设计与收获无关，与精打细算的生活也无关。

如果一个城里人戴上斗笠扛着锄头，大兴劳动之风，大壮劳动之势，就是简朴了？这在老百姓看来不过是细粮吃腻，代以红薯，追求健康而已。这也没有什么不好，只是不要硬扯到简朴两个字上。

劳动反对烦琐的礼节，尤其反对虚荣。劳动是量力而行，户外户内一律平等。劳动要真实，不要花架子，不是给人看，闷声而做，做完回家。

一个劳动者想不简朴，其实是很难的。仨瓜俩枣收存起来的岁月和日子，在某些知识分子看来是很美的，在过惯了粗茶淡饭日子的劳动者看来却是平淡无奇的。

而在物质主义者简朴的家里，却会发现最大的奢华。物质主义者放松下来的时候，一切都无所谓了，他随意处置起物质来的那种洒脱劲儿，有时会让人目瞪口呆，这也容易和一般意义上的简朴混淆起来。

物质主义者通常是用更大的消耗，来换取所谓的简朴。

2002年7月于万松浦“简朴生活座谈会”

安 静 的 故 事

一

“安静的故事”可能是我们这个时代的一个大故事，因为它是关于我们每个人的，是每个人都要参与的，每个人都要在这个故事里扮演一个角色。

说到安静，我们会觉得这种要求越来越奢侈，除了极少数人，一般人来说简直是不可能获取的。从一个地区看也是如此，比如这座城市，就变得更加热闹了，生活节奏更快了。这里有一所著名的大学，十四年前来看过，那时让多少人齐声赞叹，一片惊讶：园林别致，安静美丽，鲜花簇簇……这之前有人以为只有西方的名校才会这样，草坪，园圃，静谧和清新，整个大学的气氛都吸引你，让你觉得在这个地方读书是最幸福的，在这个地方教书是最幸福的，来这个地方看一看也很幸福。

这所校园让我们有自豪感，并将这种感觉一直刻在了心里。那些没有看到它的人，算是孤陋寡闻。

可是现在，仅仅是十几年之后，同一所校园却变得人山人海，到处是拥挤的车辆，是小商小贩的叫卖，一片震耳欲聋。这里不仅不是一座令人神往的校园，而且根本就不像是一座大学校园。

这里只能让人惊异，让人快快逃离。

一般来说，一座历史悠久的大学校园会有很多高大的树木，地阔人疏，气氛中给人一种肃穆感。这是由它的传统、由生活其中的人的气质与自然环境的气质一块儿合成的。可惜现在这样的校园已经难得一见了，它们大致上与喧闹的市井大街没有什么两样：车辆日夜穿梭，到了深夜三点还要把人惊醒，商贩林立。

记忆中的大学校园已经失去。它们被淹没在市场和人潮里。

一切关于大学的美好记忆已成为过去。在当今响彻南北的叫卖声中，大学的一道围墙实在显得太单薄了，它无法阻隔这个吵叫的世界；而西方绝大多数校园虽然没有围墙，大多却是非常安静的。

南南北北走一下，到任何地方，首先就是一个“吵”字把人裹住。去哪里都是人流如织，都是呼号之声震耳，根本没法安静下来。

可是人如果一直处在这样的环境里，总要在剧烈旋转的浊流中生活，那会是十分可怕的。一天到晚被声音、被速度、被欲望追逐和包围，有再多的钱，再高的地位，都不会获得最起码的幸福，也谈不上做人的尊严。

有人认为吵闹混乱是自然而然的事情，因为我们是一个十三亿的人口大国。但我们知道这不是一个说得过去的理由。有些国家和地区的人口密度要超过我们许多城市，但那里并不一定像这里一样吵闹，比较起来可能还是要安静许多。

人们从电视上看到了很多现代的喧嚣和繁华，比如纽约曼哈顿、拉斯维加斯等，好像那里更加热闹。人们不自觉间会把发达与热闹等同起来。但是美国的国土面积很大，它大量的城市，更不要说村庄了，都是非常安宁祥和的。人们在各自的地方安静地生活着。即便在那些西方大城市中，与我们比较，他们也是相对安静得多，比如其中的小环境还是十分安静的。

他们在自己的角落里做事情，互不打扰，即便是聚到一起，也会尽量保持一种安静的状态。

前些年发生了一个事件，就是有人在欧洲的某个场所大声说话，对方一再制止无效，最后不得不把他们驱赶出来……有人对此感到不解，认为欧洲人做得实在过分，自己无非就是大声说说话而已。好像如此。不过他们也的确是太吵了，并且已经习惯于在公开场合这样吵，忘记了自己是不能用声音打扰他人的。

在我们这里，只要到了餐馆里，哪怕只有四五个人在用餐，那么整个餐馆都不会安宁。即便是图书馆等十分需要安静的地方，也往往是人声喧哗。到另一些国家和地区，去图书馆、歌剧院，那里安静得掉一根针都能听得见。即便到餐馆去，即便是很多人在用餐，也没有什么大声：每个人都在轻轻地挪动自己的椅子，用最小的声音交谈。因为他们知道，自己没有权利侵犯别人的安宁，要给他人留下享受安静的空间。

即便桌上摆满了山珍海味，被肮脏的语言垃圾包围起来，那也不会有好的享用。

人在日常生活中，无论是工作还是吃饭睡觉，无时无刻不被吵闹惊扰，没有一个地方、一个角落可以稍稍地躲避一下——这不是很糟糕很狼狈吗？我们又将如何摆脱这种困境？

二

我们的确已经没有地方能够安静一下了。到哪里去？到农村？记忆中的安宁之地已经不多。农村也不是一个避风港——比如以前到胶东半岛地区，很愿意到一些小山村里去，因为那些地方交通不发达，入村后会觉得到了另一个世界，树、石头、河水，一切都保留在那种原始的状态里，安安静静地跟人对话。进入那个环境，就犹如走在一幅画里，人们愿意看它的树、它的石头和水，也愿意看在这种环境下生活的村民。他们的表情像周边的环境一样，安详、自然、亲切、和蔼；他们见到外来人，那种笑是从心里发出来的，非常纯朴；他们对陌生人的友善毫不做作。

因为这个地方实在太偏僻了，村民们在这种自然安宁的环境里，身心养成了这样。吃这里的杏子、樱桃，那种愉悦和甘甜是从心里滋生的。

可是现在怎样？也仅仅是几年过去，再到那样的山村会看到什么？感觉完全不对了。人的神情不对了，他们对人不再那样微笑、那么和蔼了，眼神里有一点警觉甚至是敌视。原来这里拉上了电视网络之类，路也修好了。与此同时恶性事件时有发生，村风大坏。各种开发者一批批拥来，各色人等川流不息。

享用现代生活是山里人的权利。可是外部世界通过一根网络线和视频线送来的，又是一些什么货色？

我们全都明白，大家对电脑和电视上那些乌七八糟的东西绝不陌生。在海量的娱乐信息中，庸俗和拙劣已是家常便饭，因为点击率和收视率就是一切，要追求利益的最大化。

说到那个小山村享受现代化的权利，那也并不等于有了电视和网络就是一切，还应该有更多更重要的内容。只送给现代的喧嚣和肮脏，这就把一个小山村最好的东西给摧毁了，比如他们不再相信人，比如村风的破败。一个电视机一个网络，竟然就能在两三年里把一个村庄给改造成这样，可见它的力量是多么巨大！那么我们可以问一句：现代通过网络和图像送给整个世界的危险，究竟会有多么大？

就是一台电视机，就是一个网络、一根光纤，改变了这个存在了几百年上千年的村庄。从一个村庄到一个社区、一个国家，道理其实都是一样的。

我们现在面临着一个巨大的现实，就是进入了数字声像时代。一切都在改变，无论接受还是不接受，无论愿意还是不愿意，这都是一个事实，一个客观存在。它的出现让人类猝不及防。有时候我们觉得无非就是多了一些娱乐和广告，无非就是网络输送一些海量讯息，但是也就在这种日夜不停的输送和堆积之中，巨大的危险把我们覆盖了。

它的巨大毁坏力，比核武器来得更隐秘更长远，后果也更严重。它也许暂时夺不走我们的生命，但是却会从根本上改变我们的生命，让我们在不知不觉中变成另一种人。它有可能把我们全部的幸福，把我们美好的未来，在暗中窃取一空。这一切都是缓慢进行的，是隐隐发生的。它不会像原子武器那样，一瞬间造成血流成河。

它杀伤的是我们的心灵。

我们看一下现代生活如何提速：出门可以坐高铁和飞机，移动一只鼠标的分秒间接通整个世界，当然这是一个虚拟的世界。什么生活我们都不陌生，千奇百怪的故事我们都会知道。再加上每个城市出现的各种各样的地方小报、广播，所有人就在这样一个纵横交织的信息空间里活着。无论愿不愿听，愿不愿看，谁都无可回避，都要在这种剧烈旋转和沸腾的状态下存活。

这种加速度使人类失去了基本的和自然的平衡力，变得不知所措，昏头昏脑，一时没有了准确的方向感和判断力。

现代人再也没法慢下来，无法获得肃静，所以也就没有了深入思索的可能，更没有了感悟力，这是非常可悲更是非常危急的。

快节奏的生活给我们提供的方便只是一种表面的小利益——更大更致命的剥夺却被我们忽略了。我们权衡一种事物，最终还要看综合的和最后的结果，要问一句：我们获得了更多的幸福吗？如果新的技术不能带来幸福感，只是使我们变得更忙碌更焦灼，更浮躁更六神无主，这个新技术就是我们的克星。

我们不得不想办法来遏制它和规避它。我们不得不思考现代技术带来的一切——它的功与过、罪与罚。

我们因为提速节省的时间好像很多，但是省下来的时间又做了什么？没有用来寻找个人的生活、理想的生活，而只是一味模仿机器和技术，想着提速再提速——在想象中要像它一样快或更快。在这个时代，我们的心实在是比网络还要快——我们总是嫌网络慢，因为我们的心已经飞起来，比网络要快得多。

真实的情况是，我们人类在各种技术的教唆和引导下，已经慢不下来了。有人说快有快的好处，已经快过了，再慢就会急死人。所以我们总是追求用最快的速度从乙地到甲地，可以用最现代的工具，在一天时间里完成七天的工作。但是省下来的六天我们做了什么？原来我们在这六天里也没有慢下来，而只是想着更快，正度过更加匆忙的六天——问题就在这里。

最后要问的就是：我们能不能在快速旋转的生活中找到一个安静的角落？

如果这样的角落真的存在，那么它会属于我们吗？不一定。因为一颗心已经改变了性质，它现在已经慢不下来了。看来我们首先要做的一件大事，就是先改变自己的心，让它稍稍安静一点。

人是很奇怪的动物，他看到什么就会学习什么、跟随什么。有时候这种学习是不自觉的。我们身旁是迅速跑来跑去的摩托、汽车，它们就在无形当中引诱着人，引诱人像它一样快，跟上它。网络诱惑了人心，让人渴望无限地提速和信息扩张。我们的双眼每天看到的都是飞速奔驰之物，一颗心怎么会不跟随而去？我们又怎么能不去渴求快速的生活？

到处都吵吵嚷嚷，如果哪一个人不吵，对方就听不到他的声音。可见周边的环境对我们性格的形成，对我们生命的改造，是既深刻而又缓慢的，这种改造简直无时不在、无处不在。所以我们说：风里面都是教导的声音，它让我们赶快跟上这个时代的脚步。

前面说过的那个山村的美好宁静，人们脸上的那种笑容，说到底都是周边的环境给予的。所以要改变自己，就要改变环境。于是才提倡更多地到大自然里边去，去接受它的培育。我们如果总是看到挺立的树木，潺潺流动的河水，时间长了，就会变得和它们一样安静和坚定。因为我们也会不自觉地学习它们，跟上它们的节奏。

人类不要忘了，他们是山川大地的儿女，不是汽车摩托，更不是网络的儿女。我们要和诞生自身生命的那个环境相亲相爱，和谐一致起来，这才是人类的根本利益。我们的生命是那片土地给的，所以才有“大地母亲”一说。我们要学习母亲：看树多了，就像树一样挺拔安静；看花儿多了，心情也像花儿一样。

有一个研究，说养猫的人身体好，首先是心血管系统好。这种研究采用了一个对比组，从对比中发现了一个规律：经常和猫这一类动物待在一起的人，不自觉间，个人的生命节奏就与它趋同了。猫的行动是和缓的，人与之相处日久也就变得和缓下来了。

三

的确，猫是多么温柔和安静啊，可是一旦需要，它行动起来却像闪电一样迅疾。是的，还很少有一种动物像猫一样敏捷疾速。它跳到空中猎获，再落到地上都不会失去平衡。可见最安静的动物在一瞬间爆发出的那种能量，竟是如此之大；可见安静也是积蓄能量的一个过程。

我们许多人到了关键时刻就没有了力量，其中的一个原因就是缺乏一种能量的积蓄。特别是思想的能量，它更是需要安静下来才能获得——如果人群吵吵嚷嚷挤成一团，所谓的人多热情高、力量大，什么人间奇迹都能创造出来，更多的只是一种愿望和神话。事实上许多时候恰好相反：个体才有力量，因为思想才有最大的力量。

任何高深的思想、能够影响世界和历史的思想体系，都是由个体产生的。无论是康德、孔子还是弗洛伊德以及达尔文，还有梭罗、里尔克和狄金森等，只要是对我们这个世界产生了深刻影响的巨大思想能量，都来自个人。人多了只会吵成一团，产生不了深刻的思想。两个人可以商量事情，四五个人也勉强，几十个人扎堆就很难产生一条清晰的思路了。因为这时候没有了独处与安静，生命中的大能量无法在心里缓缓聚集。

许多人愿意到大城市里去，到人多的地方去，享受所谓的人气。但是他们忘记了，人多的场所也是语言和思想最为平均化的地方。一个人只有退回自己的空间里去，在沉默中，才能够好好地思索，好好地享受属于自己的一段时间。

时间这个东西会在匆忙中悄悄流逝。速度越快，节奏越快，时间溜走得也就越快。有时候我们觉得经历的某个事情好像就在昨天，可是扳指一算，那既不是昨天，也不是前天，而已经是很多年之前的事了。因为现代生活的流速实在太快了，我们哪里还有心情去琢磨时间、享受时间，与时间耳鬓厮磨。

那一年的“人文精神大讨论”，因为涉及自身较多，所以印象还算深刻。这场长达两年、波及全国文化界的讨论，仿佛就是近四五年里发生的事情。可是仔细算了一下，准确点说已经是十七年前的事了——感觉上却离我们十分遥远了。

整整十七年了。十七年可以让一个婴儿成长为青春少年，可以让一个中年人变得苍老。可是它真的是一闪而过了。时间就是这样无情和快速，我们没有任何办法阻挡它。有人会说，既然以任何办法都难以让时间凝固，总要以自己的节奏往前流动，从不以个人的意志为转移，那就随它去吧。是的，但是如何随它？

时间具有客观性——但是时间却不仅仅如此，它还会在感觉当中存在，这时候的时间就不是一个客观的东西了。

我们回忆一下就知道，小时候的“一年”是非常缓慢的，可是到了四五十岁以后，“一年”好像缩短了一半。这就是时间的主观性。因为我们的生命蜕化了，它已经陈旧，视野里再无新事，外部世界很难留下鲜明的印象——既然没有接受足够深刻的刺激，所以一切都将飞快地被我们排除到记忆之外，不再咀嚼和享受它了。时间就这样失去了细节，于是很快就溜走了。

有一对小城夫妇，孩子去一座大城市读书，毕业后就留在了那里。他们原来指望孩子能回到小城，觉得这座小城生活质量高。可是孩子被大城市的热闹吸引住了，这儿车水马龙日夜不息，什么高档服装、咖啡店和摇滚乐，各种东西都在诱惑她。她最终找了一份工作留下了，有了爱人和房子，也算是个幸运的人。她的父母到了那个大城市，发现人多得不可想象，到处堵车，到处轰鸣。孩子住的楼房有三十层，它的不远处就是高架桥之类。

这是一个日夜旋转的城市，整幢大楼仿佛每时每刻都在巨大的轰鸣声里发抖。父母心疼孩子，问：你就在这个地方睡觉、过日子，就这样一辈子吗？孩子说是啊，我们住的地方还是好的，我们已经习惯了。

父母听了以后久久没有说话，只有泪水在脸上流淌。

他们已经没有办法把孩子从嘈杂中拉回去，因为她已经习惯了，顺从了，也就是说，她的心已经变化了。她认为这就是现代都市生活，她认可并享受着这种生活。

父母回到了小城，从此却再也不能安心，因为一想到那个大都市的轰鸣，想到挤成一团的人群、在轰鸣声里发抖的三十层大楼，他们就难过得睡不着。

可是他们不知道，自己小城的安静也只是暂时的，这种情况已经不会坚持太久了，因为城市化的浪潮正席卷而来，各种所谓的“大开发”已经排上了日程。用不了多久，这座小城也要变得喧闹起来——总有一天，它也会变得像那座让他们流泪的大都市一样，嘈杂喧闹，一刻也静不下来。不仅是他们，我们所有人，都将找不到一个安宁之地。

我们不停地追逐物质，目标是那些发达国家——如果那里才是我们的未来，那么这个“未来”有可能有点太漫长了——因为我们可以看到，那里的大部分地区，无论是城镇还是乡村，并不像我们这样闹腾，那里大致还是非常静谧的。

比如十几年前到过的一些西方小城，觉得它们是那么安详美丽，从任何一个地方拍下来都是一幅画。在我们这儿的哪个景点拍照，都要好好选择角度和位置才行。可是到了那些美丽的小城，只要镜头没有拿歪，随便照下就是很好的自然风光图片。这儿无论是图书馆、咖啡店，还有街道，都安安静静的。汽车消音也好，它们基本上是默默来去，像这个城市的人一样收敛。

而我们这儿的车和人也是一样的：常常突然就爆发出脾气。

几十年过去了，今天再去那个小城，发现它竟然一点都没有变。路还是那条路，房子还是那些房子，教堂的尖顶凝在那儿……一切都如同昨天，记忆中的那棵大树还在，房子的颜色依然如故，街道清洁得像被水一遍遍洗过一样。

这里给人的突出感觉，就是它的安静与不变。为什么？可能这里的人和我们不一样，比如他们不那么浮躁和急切，做事情之前，尽可能把一切想好了再做。而我们的一些城市是怎样的？总是不断地改建，永远都是一副“百废待兴”的模样。“待兴”是将来和可能，而“百废”才是现在的实情。我们总生活在一座“百废”的城市中，这怎么受得了。

我们的城市，楼房和街道，今天这条路剖开了，明天那个楼拆掉了，后天又一个区要改造；这个村庄刚刚扒掉，那个新区又在崛起……就在这样的环境中苦干了也忍受了几十年或者上百年。不停地变，不停地改，那么多鼓舞人心的口号，那么多“开拓型”人士——我们经验中知道，一个地方如果来了一个“开拓型”的人物，这个地方的麻烦就大了。他们会让一个地方不停地折腾。

在一些时髦人士眼里，这恰恰是社会的发展和进步，“伟大时代”就该如此，这说明我们的社会有生气，所谓的日新月异。可恰好就是这种“生气”，让我们再也找不到一个休养生息的地方，到处都在吵闹，都是灰头土脸，没有草也没有树——种了草栽了树，用不了多久就蒙上一层灰尘。四下都在刨，都在挖，都在拆。

为什么我们不停地拆和建，却很少弄出一座像样的城市？就因为每一次都是对上一次的否定，不停地否定自己，又不停地犯下新的错误。显而易见，我们每一次都没有考虑好，总是匆忙急速地去做。

四

这样看来，慢下来，想好了再做有多么重要。世界上的事情有多少是因为缓慢而做错了？有多少是因为认真考虑而失去了宝贵的时间？没有，大多都是因为急躁、拥挤、吵闹，因为追求速度和虚荣才搞坏了的。历史上的“大跃进”是这样，“文革”也是这样。荒唐的事情常常是这样搞出来的。比如文化领域的“革命”，它尤其不能那么快，我们知道，文化是一个缓慢演化和培养的过程，是和传统不能脱节的、循序渐进的一个过程。谁想在一两年里改变整个民族的文化，谁就只能去进行一场大摧毁和大破坏。做任何事情都需要相应的时间，都要在相应的时间里完成它。

一些朋友到西方去，谈起那里的印象，常常说那个城市漂亮极了，阳光好，海水好，城市街道好，人有礼貌，长得也漂亮，总之是溢于言表的兴奋。说到不好的方面，他们会说，那个地方的人太懒——比如总是在海边的躺椅上晒太阳，每天懒洋洋不太干活，等等。这又让人觉得那些人实在太不像话了——但是后来想了想，又好像不对——人家那么懒，却能把城市建设得这么美丽！空气和水，精神面貌，都令人赞叹。这肯定不是懒人做出来的。

我们一直是以勤奋著称的，那怎么把环境搞成了这个模样？这是一个令人深思的大问题。

我们可以用简单的推理方法总结一下了。比起那些发达的国家和地区，我们更勤奋，而对方给人的印象是国民懒懒的，更有甚者闲了无事又读书又写作，非常浪漫，还想当作家艺术家。他们喝咖啡聊天的时间不少，总是忘不了休息日，总是到教堂里去。但是他们人均国民生产总值比我们还是高多了，而且在可以预见的未来，我们大概很难超越他们。

这其中的问题在哪里？推敲起来，无非是他们的无效劳动要少得多，他们更会利用时间。他们要做一件事情，先要好好想一下。

这其实只是个基本的道理吧。

我们每天没白没黑地忙碌，哪有时间思考，一个劲地追求速度和效率，结果大量工作都是浪费的，甚至是破坏性的。这种勤劳有什么用？它常常起到的不是建设和积累的作用，而是极大的毁坏和浪费。

勤劳固然是一种美德，但却不是一切。勤劳也不是只有一种方式，读书是勤劳、思考是勤劳——坚持不懈几十年如一日地恪守自己的宗教信仰，不仅是勤劳，还需要意志。这些东西恰恰是人生最可宝贵的。我们的确到了好好反思自己的时候了。

现代科技加快了生活节奏，增加了噪音，但这在不同的地区造成的后果是不一样的。在我们目力所及的范围内，还很少有哪一个地方像我们一样被现代科技所害。我们如果是嘈杂的族群之一，是混乱拥挤的地方之一，那么现代科技的确又进一步加剧了这种趋向。这是摆在我们面前的一个事实。

到发达国家的一些地方，到他们的家庭去，就会感受某些明显的不同。他们家里有书架，宁静而温馨。这种气氛让人觉得有点异样和陌生，因为这个家庭的中心少了一个东西——电视机。我们这里是怎样？客厅里一般没有多少书，中央却一定有一个非常大的电视机。显然，电视机才是全家的中心，它在引导整个家庭的生活。

五

对待电视的不同，看来只是一个小的方面，但从这鲜明的对比中，却会发现很大的问题。我们实在是太爱追赶现代科技、太爱娱乐了，受数字传播的影响实在是太大了，花费在这方面的时间也太多了。我们听任自己在花花绿绿的视听世界里沉浮，时间就这样无情地耗掉了。

打开任何一个电视台，它往往都是十足吵闹的，有的还是相当庸俗的。比如开始的片头，总是伴随快速的音乐迅疾地切换画面，给人一种数字魔术和飞驰的金属感。这加剧了人的急躁和不安，因为它完全违背了我们的人性特征，血肉之躯不是机器，它不能那样疾速切换和旋转。

电视、车辆、网络、电台，我们身边所有的一切都在提速，它把人弄得慌促和焦虑——既跟不上这种速度，又担心被甩在后边。结果就没有了从容的生活，将日子搞得一团糟。谁如果想慢下来，对不起，周围的一切都与你不协调，不对接，一切的声音都在呼唤一个“快”字。

我们身边总是有一股呼啸而过的巨大噪音，这样下去，会是怎样一种生存？

比如我们将没法阅读，因为既没有了安静也没有了时间。看文学作品不能像看电脑一样快速浏览，因为它是语言艺术，需要进入它的语境，随着它的标点符号、语汇调度来享受创作的愉悦，还原它的思想、它在产生那一刻最具有巅峰意义的犀利状态。文字是符号，它要人还原，要人思索和想象。

但是轰鸣和快速的现代生活中，我们已经失去了正常阅读的条件。越来越多的人只是在电脑前看各种各样的文字垃圾，这是数字浪潮推上来的花花绿绿的芜杂，一掠而过，看得很细既不可能也不值得。这就形成了恶性循环。人们不再可能理解高雅的艺术和绝妙的艺术，最好的东西被这个时代所冷落，价值标准荡然无存。

阅读是一种幸福。但这需要时间和心境——读书最过瘾的时期，也极有可能是一个人生活最困苦、最挣扎的那个时段，可见关键还是人的心灵状态。

这需要我们痛下决心，在飞速旋转的当代生活中争夺一块属于我们个人的空间。这对每个人来说都是一个重要的命题。我们或许发现，在这个时代里似乎存在着一个生存谋略：那些制造和催促我们飞快旋转的巨大力量，与这个时代却是另一种关系。或者说那些有巨大资本或权力的人，可以将每个人都安在一个飞速旋转的轮子上，让其日夜不停地飞转——推动者是不会让这轮子慢下来的，而他们自己却躲在世界最安静的某个角落里，好好享受缓慢与安静。

这个世界的某些人，一些所谓的“胜出者”，他们一定住在那些最安静、绿色最多的地方。这些人歌颂速度，制造飞速的现代生活，而他们自己却生活在完全不同的另一种环境里。如果说这是一种骗局或阴谋的话，倒不如说是一种天性，一种不自觉的、潜意识里形成的对自身、对生命的保护。这就生成了双重的生活哲学和生存格局。

那就让我们自己动手挽救自己、打破这种格局吧。无论是贫穷还是富有，我们一定尽可能抓住人生唯一的一次机会，去获得安静的权利。我们也要拥有自己的一杯茶一本书——我们改变不了别人，却要管住自己。也许面对纷繁复杂的现代世界，对付它的办法以及全部的奥秘，就存在于这两个字之中：安静。

寻获安静，要下最大的决心。

想起小时候曾经享有的安静，就觉得我们真是不幸，遇到了这样一个剧烈动荡、不是几十年而是好几十年的折腾生活。除了残酷的阶级斗争，再就是激烈潮涌的商业主义物质主义，整个社会喧声四起。我们现在只是追逐物质，其他一概都可以忽略，人文环境和自然环境遭受的巨大破坏在所不惜，而且很可能是一种万劫不复。

记忆中的河流和森林不见了，夜晚躺在树下枕着白色沙子看星星的时光完全消失了。那时的星星一颗是一颗，那么明亮。我们现在到哪里去寻找这样的星空？

这样的星空都没有了，再多的物质拥有又有什么意义？

这种记忆只属于我们自己、个人？当然不会。

记得小时候住在一片林子里，孤独的时候就去最近的村子里玩。有个少年伙伴叫“爱长”——因为他父母个子不高，所以就把希望寄托在唯一的儿子身上，整天呼叫“爱长”，结果儿子真的就像接受了魔力一般，长得很高很高。

“爱长”的重要的工作就是去放猪，那是一头小黑猪，很通人性。放猪就是把猪赶到收获过的红薯地和花生地里，让它寻找遗落的果实。猪的嗅觉特别好，哪里有食物它就在哪里拱土，而拱出的食物有时就被我们拿走。

我们最大的享受就是一起放猪，还要占猪的便宜：把它找到的东西抢过来，放到火里烤了吃。

有一次我们只在一边闹玩，玩得不管不顾，结果一抬头才发现小猪跑了。四周全是一片浓旺的丛林，是各种灌木，到哪里找它？“爱长”哭了。跑走一头小猪可是一件大事，我们慌了。

“爱长”吓坏了，料定要被家里人揍一顿，于是拉上我一起回家。结果他进门不久就被暴跳如雷的父亲狠揍了一顿，连我也差点揍上几下。这时已经是天黑了，但是再怎么也要找到小猪。后来他们想起邻居家有一条叫花虎的狗，非常聪明，就借出来。

我们一起到红薯地里去。

“爱长”的父亲提着桅灯，跟那条狗认真说了一些话：告诉小猪是怎么跑的，请它将丛林中的小猪找回来，会给它很多好吃的，等等。花虎仰脸倾听，甩甩尾巴，然后一头钻进了黑乌乌的林子里。

半个小时过去了，花虎真的把小猪找回来了——我至今记得它从林子里走出来的模样：嘴里咬住小猪的一只耳朵，一边用尾巴频频拍打小猪的屁股，从紫穗槐灌木中把小猪乖乖地赶出来了。

现在想一下，我们拥有的“时间”就好比这头小猪，只有好好看住它才行，不然它就会溜走。我们不能过分地喧腾，如果无视它的存在，它就会跑得无影无踪了。

“文学”是什么？文学就是回忆，它大致在写“过去时”，记下了一些往昔事情，朋友的故事，那条河，那片海，所有经历过的生活细节——这等于是把丢失的时间再找回来。

通过描述和回忆，咀嚼失去的时间——在这里，文学就好比是那条狗，即花虎，它能够帮我们把丢失的时间重新找回来，让我们像“爱长”一样幸福：拥抱着失而复得的“小猪”。

附：

传统文化的劣根／现代化是一个漫长的安静的故事

商业主义和物质主义，会把人心慢慢淹死，让人的思考力在不知不觉中丧失，最后找不到我们自己。我们追求事业的成功，可是任何成功都要建立在独立思考的基础上。它依赖一个基本的条件，就是安静。个人如此，一个民族也是如此。中国所谓的现代化的过程，就应该是一个很漫长的安静的故事。中华民族未来的希望，就是看能不能安静下来。我们的传统文化是非常好的，但是我们这种文化中也有劣根性，我们不能说自己被西方的商业主义改造了之后才变成了今天的紊乱，而肯定是自己的文化基因里就有坏的东西。正因为有，所以在一定的气候条件下，坏的东西就长大了，好的东西就扼杀了。

我们有一种对物质永不满足的欲望，没有理性，没有信仰，庸庸碌碌，实用主义，这就是传统文化中固有的劣根部分。过去一谈到自己的民族全是好话，什么勤劳勇敢之类——我们太勤劳了——可惜这没头没尾的劳碌只为了基本的口腹之欲，大脑却是懒的；至于勇敢，那倒不一定。

作者与象征／推荐书／经典和当代

我作品中的红马不是什么象征，它在书里一再出现，是因为作者心中的印象太深了。评论者愿意去寻找象征，寻找主题思想、反现代或者“理想主义”等等。但作者并没有太多的象征和主义，因为他要投入感情，写好人物和故事，很朴实地去写。个人经历很重要，投入情感很重要。

每个人口味不同，我推荐的书有一部分可能会令人失望，我在很多地方推荐书，让人觉得没有学问，因为不能推荐一点他们不知道的书。我总爱推荐一些经典著作。有人说，就不能推荐点闻所未闻的新书吗？这要确实好才行，新或畅销都不是标准。把经典读得烂熟更有意义，可能会重新发现一次经典。

有人总是以为自己很熟悉经典作家了，其实未必。经典的意义在于我们每一次重读都会有新的发现和激动。这些作家之所以如此，成为千百年不朽当是有原因的。文字太有魅力，思想太有魅力，作家本人魅力无穷。

当然古典作家也不能取代那些和我们生活在同一时空下的当代作家。不过选择当代需要有一双好的眼睛，因为离得太近，没有时间的帮助，我们不太知道哪个好或不好，这就看个人的才华、悟力，看目光的穿透力。杰出的当代作家也会创造出一个属于他个人的深邃世界。

有阅读癖的民族是打不败的／问题的核心

有人以为极大地富裕之后我们就会安静下来。这只是一厢情愿和自我安慰。我们的文化里有一种物质主义膨胀的劣根，这种劣根又与西方商业主义嫁接起来，于是不可能因为物质的增多而减少物质的欲望。一个重要的途径还是要提高整个族群的人文素质，拥有信仰，这才是最重要的。革命性的行动取代不了日常的学习，这种坚持收效较慢，却是真正有效的。

有人觉得中国13亿人口，素质提高起来十分麻烦，那也没有办法，没有其他道路可走。谁都想省事，想一天早上把所有积弊全部革除，于是就要爆发革命。暴力其实是很无力的，靠这种办法改变一个族群的素质，负面作用也很大。只有当我们的人文素质提高了之后，很多事情才会向好的方向发展。

所以想来想去，阅读是多么简单的一件事，又是多么重要的一件事。如果我们中国人能够多读书，也许比挣来金山银山更有意义。外国人谈对中国的观感，常常说到中国人不读书。这是我们的耻辱。有阅读癖的民族是打不败的。同样遇到技术主义和物质主义，文盲是最没有抵抗力的。

有人说物质丰富到了一定程度才会安静，这是虚妄的谬论。低劣的群体一旦拥有了更多的物质，就会干更多的坏事。所以说不要寄希望于物质的增长，而要寄希望于人文素质的提高。强调培植一个民族的阅读习惯，致力于此，才算找到了问题的核心。阅读可以挽救一个民族。阅读是最了不起的事情，也是最简单的事情，最普通的事情，却是这个民族最迫切的事情。没有阅读就没有未来，没有希望，这就是我们的结论。

2012年4月30日于华中师范大学

午 夜 采 访

海边上有一座茅屋，茅屋里有我一个奇怪的朋友。朋友有一个不好的习惯，就是直到午夜还不睡觉。他常常一整夜地吸烟、喝水、沉思、兴奋，与朋友讲话，这样一直熬到黎明时分。

夜里我到他那儿去。我深夜离开他之后，就剩下了他一个人。我不知道他什么时候睡觉，因为我在早晨、下午、上午，在任何一个时光里，都可以看到他在茅屋前的土地上弓腰干着什么。

他的年纪大了。他是一位从遥远之地回到故土的、古怪可爱的老人了。他是一位歌手，写了很多歌。这些歌有的就像我们所熟悉的那些长长短短的句子，排列在纸上；有的却是一句连一句，在纸页上连成密密麻麻一片。

他写的许多歌我都读过。我们的话题更多的时候是停留在它们上面。

他的眉毛白了，头发稀疏。他不停地咳嗽，但仍然不能放弃那个黑色烟斗。他在屋里走动，腰使劲弓着；人很高，很瘦，让人想起一匹跋涉千里的老马。出于对一种职业的警觉，他一开始不愿和我交谈许多。可能是过于孤独和寂寞，也可能因为我们相处久了，我已使他放心：后来的午夜聊天就越来越随意。

我们谈了很多，我随后把他讲过的所有话都记下来。这样我算有点违背承诺，因为我差不多又变成了一个采访者。就是这样。可是我没有办法。

水手夫人

他告诉我：许多人都把它当成一本隐喻的书。他这样说时用力眯起双眼。这会儿看得出，他因为这部书而多少有点得意。夜色里，我极想看清他的这副漫长脸。没用，他那儿的光线太暗了。锅台上的一盘煮花生已经被我们吃得差不多了，浓茶正在一个熬中药用的瓦罐里滚动。茶汁越来越浓。我们喝的是一种煎茶，但我们不往里放盐，而宁可放糖。他说这一手是在草原上学来的。他告诉我地气变了，喝的东西就要改变，比如说在这海边茅屋，你最好不要往煎茶里放盐。这里离海太近了。在这里吃的一切东西，他相信都有一种浑然不觉的盐味。

当时他认为自己正写一部庄严的书，庄严到了一生都要倚仗它的地步。身上的每一根神经几乎都绷得紧紧的，像进入了临战状态。他说自己当时已经二十七八岁了，他这二十七八岁的年纪和一般人可不同。别人会说那不过只是一个青年，而他自己却觉得至少已经进入了中年。这是因为他走过的路坎坷漫远。从很小时候起，他就一个人浪迹天涯，遇到过各种各样的奇妙故事，与各种各样的人物打过交道，好几次死里逃生。

他告诉我：在边地，他至少有过几十个生死与共的异性和同性朋友。说到各种朋友，他都会谈上许多，比如说他在十六七岁上那些死去活来的恋爱。那时候他身边没有一个亲人，总是依赖自己的朋友。他看重这些友谊，对爱情的看重更是可想而知。

他在一个长得雪白的乡村小学教师的屋子里藏了两年多。那时候他白天外出打工，到了夜晚就偷偷潜到她那儿去。这样竟然没人知道。那里可真是穷乡僻壤。因为职业的关系吧，她到镇上或城里开会，就为他买来借来各种各样的书，他就如饥似渴地读。他一夜一夜搂抱着她，告诉她：她给予的他永远也忘不了。她总鼓励他。后来他离开了她。“那可真是一个悲剧啊！”他感叹着。

究竟为什么，他不愿讲。

又往前流浪。一个山村代销店的女售货员，还有一个水手的妻子，都先后收留过他。她们都给了他很多的、各种各样的营养。那个代销员把店里许多好吃的东西都给他吃了，以至于几个月结算下来大大地亏损。

那个水手的妻子，比他足足要大上二十多岁，可是他们狂热地爱着。水手留下的这个小巢，被他尽情地享用了。院子里有一棵无花果，每到了夏秋天，他就贪婪地吞食不停。但他抓紧一切时间读书，写东西。水手的老婆是一个三十六七岁的妇人，美丽，长着火红的脸膛，微微发黄的浓发。她简直是用全部身心去爱护他、教导他。她告诉了他好多人生的隐秘、丈夫的故事、她公爹，以及她父亲、祖父，很多的故事。这一切故事有的是第一、二次国内革命战争时期的，还有的是租界的故事。有的血淋淋，惊心动魄，感人肺腑。他全把它们记录下来。

水手的妻子恳求他留在这里不要走，他就问：“那么水手怎么办呢？”她说：“他么，怎么都可以。”

就这样，他与她有了一个孩子。后来，那孩子又夭折了。

这是一个疯狂故事，他说一定要在未来把它写下来。现在是不行了，不合乎时代。我听到这儿，怀疑地看着他弓下的脊背、衰老的脸膛。我想他在有生之年能够完成这一杰作吗？我这时才明白了他那部书的名字，还有它里面很多关于航行的情节和细节是怎么来的。我想这一切都得益于一位水手夫人。我没有再问。

由于这部书写了很多非常感人的事情，所以麻烦不断。不断有人制造一些材料，甚至想把他送到法庭上。他不在乎。他说："我经历了多少。我只差没有死去。我还怕什么？"

那本书我读过不知多少次，封面陈旧了。那是印得很差的一本书。不过此书已有很多版本。直到现在，它还常常是一些人的热门话题。

夜色里，我盯着他锃锃发亮的眼睛，突然问了一句："那个水手夫人呢？"

他看着漆黑的窗户。"我不知结果如何，"他没有讲下去。停了一刻又说："这本书的扉页上原本有一句话：'献给……'，可惜被编辑割掉了。那个年代不时兴写上这样的话。这只是个人情感的尽情流露，他们不愿分享。他们没有这个兴趣。我只好把一切都装在心里。"

他告诉我：从流浪地赶回来，到了一个闹市，在那里找到了一个安歇的机会。他住在一个临街小屋里，开始在纸上倾吐了。他几乎一口气就把这部书写完了。写完的时候他才发现自己快到三十岁了，浑身打了个冷战。他用一件旧衣服把这一大叠稿子、各种颜色的纸张胡乱包裹起来，外面又用绳子捆了几道，就背着它去找省城的一个朋友。

就是那个朋友和他一块儿到了一个大都市。这样，这部稿子才艰难问世。

显而易见，这部书稿改变了他的命运，使他多少成了一个有名的人物。在这样的时刻，他想念更多的是在边地流浪的岁月，是那一个个同性异性朋友。他怀念他们。由于这部书稿，他再不能重复那样的生活了。

但后来他还是抬腿离开了闹市。他想追赶昔日的脚步，追回那样的岁月。晚了，一切都晚了，岁月也会变得陈旧。那些朋友几乎没有一个像他原来想象的那样。他们不是衰老、死亡、到别的地方去了，就是面目全非。

我一直想问问那个水手夫人的故事，特别是那个水手的命运。他一句不答。我不问，他却又告诉我一个细节。

当他最后与她分别的时候，曾请求她原谅自己；他会永远感谢她给予的一切：衣食的温暖、悲怆的故事，还有她的全部。他想说对不起她。水手夫人说："这你就错了。我只打谱跟你过上一年，可是你在我怀里过了三年。我该感谢的是你！如果没有你，我死了也就白死了。现在行了，我值了。"她一遍又一遍吻他，他整个头发和脸颊都被她弄湿了。他们这样搂抱着，整整一天一夜，饭也没吃。

这就是他们分手时的情景。驼背歌手对我说：他要歌颂她一生。"后来我又遇到很多人，可是没有一个能取代她。从她那儿离开，我才发觉自己真正地长大了。是她让我提前进入了中年，变成了一个懂事的人。这部书稿也使我挣了很多钱，我把这些钱如数寄给了她，可是又被全部退回：查无此人。"

娇 小

这是一部薄薄的书，没有引起更多的人注意。但是我却被里面奇特的情节所吸引。我总觉得它与歌手的经历非常贴近。果然，一谈到它，驼背歌手的两眼烁烁发亮。他告诉我，其实这里面有两个故事：隐藏了一个，表达了一个。它所表达的，正是它所隐藏的。

他吸着烟斗，还没有吸尽就磕了，重新装上烟末。我看出他很不安。

他说："有一年上，就是从边地走开的第一年里……"他诉说为什么要离开那个流浪之地：那时他离开了水手夫人，大约是半年之后吧，一个偶然的机会，他认识了一个恶棍和他的女友。"这小子用当地唯一的一辆大摩托带上她，在大街上横冲直撞，让许多人非常气愤。那个小女孩美妙到了不可思议的地步，小巧玲珑，比我后来结识的所有女孩都要妖冶、小巧，对人百依百顺。那个男子则像个大黄蜂一样紧紧地叮住她，谁想找个机会跟女孩说句话简直是太难了。那个家伙叫'沙'。真的，他就像风中卷动的黄沙，落下来就是遍地一片，变成沙漠、沙原。就是这一场漫天飞舞的沙，让我好好搏斗了一番。它飞到了我的眼里，头发中。要让我战胜这场狂沙，必得倾尽全力。没有办法，我太爱她了。这是一场来到中年的爱，我可懂得珍惜，懂得拼死一搏的意义。

"她几乎是一眼就看中了我。她后来告诉我，我乱哄哄的头发像火焰，当我转脸看她的时候，两眼都冒火。她说她从来没有看到这么一个怪人，如此瘦削，正恶狠狠地爱着一个人。她没法把我忘记。我们俩就这样手牵手地在月光下走起来。有一天我们走到一座废弃的古庙里，在里面把该说的话全部说完。我们做了个决定：逃跑，跑很远很远，跑到沙尘再也飞不起来的地方。我们要跑到海上，海的另一边。

“就这样，我们在河湾那儿买通了一个老人，他用一只小船把我们运到了一个海岛。在海岛上我们又雇了一只更大的船，穿越海峡去了东北。最后我们到了一片林子里。到了这儿才知道：这是一个谁也管不着的天外世界，它比边地还要荒凉十倍。在这儿，她真正成了我的小妻子。

“我们搭了一座林中小屋，像当地人一样，设法搞来了一杆枪。当然在这些日子里我们都怀念大海的另一面，因为那是家乡嘛。在当地，我交往了一个脸色通红的年轻猎人，他英俊、勇敢，与我们成了生死之交。可是你知道，我们对世界上任何东西都有办法，就是对爱情没有办法。多不幸，我的小妻子爱上了这位年轻猎人。这对我真是一个报应。我知道死期也许真的来到了。她一离开我，我就会死去。她真的离开了我，我也真的差一点死去。

“后来，我的这位朋友一次猎熊，被熊爪抓破了胸膛，死去了。我的小妻子又回到了我的身边。在这片深山老林里，她离了男人没法活下去。我没有责备她，只带着死了一半的心和她过下来。我们一起埋葬了她的那个英勇情人。是我亲手安葬了他，给他垒了一座好坟。在坟的旁边还栽了一株最好的青冈木。就为了这一段记忆，我想写一部书。那时候就埋下了这个种子。

“我的小妻子死于难产，死在一条船上。我想她是跟了情人的灵魂走了。我非常惋惜，这时候已经不会流泪了。就这样，我一个人回到了家乡，身无分文。我心里只留下了一个悲惨故事，正想寻空儿把它写下来。很可惜，出于自尊和其他原因，我没有写出自己与那个年轻猎人的瓜葛。我只是把他当成一个朋友，记下了友谊。实际上他夺去了我一半的生命。从那以后我就成了一个半死不活的人了。我做下的所有事情都是剩下的这一半生命在做，所以我后来干什么都丢三落四的……

“我爱那个非常小巧的、愿穿一身红衣服的、像小孩子似的女孩。可惜她没有了，再也没有了。有些非常美、非常小的女性，往往在品格上都是经不住推敲的。可是没有办法，世上的好汉往往都爱这种经不住推敲的女人。这是人类的一个悲剧。不仅如此，那些能够描画几笔的情种们，还往往忘情地去歌颂她们，就像我一样。我的这部书很少有人看到，这也未必不是一件好事。我的朋友，只有你看到了它，并且引起了好奇。可见你是个非同一般的人……你愿意听一首小诗吗？”

我问是什么小诗，他说是一首西班牙民歌。他将它读了一遍，又抄给我。这首小诗是这样的：“小巧女人多妩媚／此理简明好通晓／凡物玲珑且娇小／铭记心中难忘掉”。

他赠我小诗之后，就伏在了一个地方。他一动不动，像死了一样。

艾草香

令我惊奇的是，他还写了这样一些歌：像清水一样纯净。如果不了解这个人的经历，也就不会感到惊奇。可是现在我却有点不安了。我像看一个奇异的魔怪一样看着眼前的这个人：瘦骨嶙峋的驼背歌手。他在屋子里一瘸一拐地走，但是两条腿却没有毛病。可能是被沉重的心事或其他什么所压迫，他有时总要像瘸子一样拐来拐去。这只有我，非常熟悉他的朋友，才不会对这种步态感到怪异。

他说从东北回来了，回到了流浪之前的那个海滨。他该好好计划一下自己的岁月了。他说没有办法，他非常爱诗、爱歌、爱手中的笔和纸。这与他在那些年里所受的致命教育有关。“太可怕了！有些东西一旦在你心里扎下根来，你就再也不能拔掉。你必须让它生长，在你周身每一块骨骼、肌肉、血脉、心肺里爬上蔓子。这种缠绕啊，捆绑一生，让你再也不能解脱。你信不信？”

我没法回答。

在这些日子里，他开始好好整理自己的思绪、经历，考虑做点什么。像一个历尽沧桑的老人一样，他怀念过去的一切。他想起了更小的时候，到边地之前的一些经历，想起了伴他度过童年的那条河。他不停地回忆，记录，写下关于它们的故事。

童年友谊，那些老人，姑娘，童年伙伴。一个人对付悲凄的最好办法就是多想一下更早时候的事，最好能把它们记下来、唱出来，每记下一首、唱出一首，就像喝了一杯酒一样。他的心会短暂地得到一点甜美。这时候他就可以睡一个安稳觉了。

“那几天，我几乎天天都在做这种事情，回忆的事情，记录的事情。我记了满满三大本子，它们当中最好的，即被城里的朋友看中。他竟然把它们印出来。有意思的是，我小时候的一个伙伴，她在一个烟草公司里工作，看到了其中一篇，认定书中的那个女孩就是她。有一次她去城里开会，从那儿打听到了我的住处，千里迢迢找来，带了好多酒和其他东西。她特别带了劲儿很大、很贵的一种烤烟。她怎么知道我喜欢这种烟呢？没有这种烟，我就宁可吸现在的苦烟斗。就那样，我们一边吃东西、吸烟，一边在一块儿玩，不知不觉天就黑了。她临走的时候告诉我，她最怀念的就是小时候的事，深深感谢我把它写下来……要分手，就是分不了。我们握手，握了一会儿就走开了。我送她，走了一会儿又停下，又握手。后来，她的身体倚到了我的身上。我们俩不停地接吻。你知道那时候我年纪大了，对接吻没有多少兴趣。可她正好相反。我好好看了看她，发现她四十多岁了，长得并不显老，方方正正的身体和面庞，两个肩膀啊，像男人一样平坦。我两只大手压在她的肩膀上，晃动了一会儿。我盯着她非常美丽的大眼睛。这双眼睛像处子一样忽闪不停。她告诉我她现在都是一个处长了。我说这我倒不管。她说那个处经常接触一些外国人，而且经常到国外去。这就使我明白了她的好烟是从哪里来的了。拉拉杂杂，两人在月亮地说了很久。她真要离开了。她离开之后我才突然发觉，她在我身上留下了很浓重的一股艾草香味。我非常喜欢艾草的香味，这可能是我在荒原上常年流落的缘故。奇怪的是，我这一生从来没有遇到过身上有这种气味的女人。她走了，我们再也没有见面，到现在都没有。就因为她，我觉得我的这一部专门回忆的书是合算的。看看吧，这些记录唤起了一个人多么强烈的共鸣。她能挣脱一切世俗羁绊，走这么远的路来送我礼物，来与我接吻，还给我身上留下这么多艾草的香味。这多么不容易啊！”

土人笔记

面前这个瘦削不堪的歌手写了很多歌，一叠纸厚厚薄薄。我最看重的是这样一本：写一个秋天里的古怪故事，一帮流浪汉的故事。

这部书不仅让我喜欢，而且许多人甚至认为，这个故事抵得上他所有的狂唱。他们这种看法有点夸张，但我宁可同意。

我不知道他是怎样记录和讲述了这样一个故事的，看上去简直是狂放不羁的痴唱。

我试着问起它的前后经过。一开始他不作声，后来给自己倒了一杯浓浓的煎茶，一饮而尽。他紧紧握住我的手，过了一会儿又颓丧地坐下。他大口喘息、大口吸烟。他像刚刚舒出一口气，说再也找不到那样的故事了……就因为这种失望和绝望的情绪，他才急剧衰老下来。它像一块石头一样挡住了他的出路，没法往前了。

这使我突然明白过来：原来他自己也同样看重这个故事。这哪里是歌是书，这其实是一卷野人痴语。一个人只要不能抛弃世俗欢乐，各种各样的诱惑，就不会有那样的歌唱。只有一个深知人生奥秘，又纯粹得像水洗过一样的人，才会有那样的歌唱。

我想问清它的年代。我想这肯定是他从水手夫人那儿走开之后的事儿。他的回答与我的判断完全一致。他说为了纪念水手夫人，就写了一首长歌。这才使他得以喘息。但也让他感到了强烈的不满足。他觉得仅有这样的纪念是远远不够的。因为他还有好多至今仍在边地的异性朋友。

“记录整个边地，而不是哪一个人，这才是最为重要的啊。”他张大嘴巴感叹着，露出了满口漆黑的牙齿。他的舌头有点臃肿，在黑色牙齿之间跳动，让我感到了一阵同情的悲哀。

他使劲咳嗽，咳弯了腰，止息之后又望着窗户：“在边地那些日子，可真是一些要命的日子。没有它就没有现在的我。我在那儿活过来、长起来，弄清了很多事哩。这一切都没法改变。我想我该有一部真正的书来纪念这一切：它很大，它不是一个人，它是边地。它使我再生、使我返回。我的灵魂说话了：‘俺哪，返回！’如果不这样做，这灵魂就会干瘪、悬空，最后我就变成一个空心人。这是一个使我再生的伟大计划啊，怎么办呢？就因为这个，为了做好这个，我才离开了闹市，离开了村镇。后来还是不行，我又搬到海边林子里，自己搭了一座茅屋住下。因为在边地流浪的时候经常听到一些狗吠，所以又养了一只狗。我养了鸡、养了鹅，这样半夜闭上眼，听到它们嘈杂，就像回到了边地。我想象着那里的稼禾、林木、各种各样的朋友，想着在他们身边的夜晚。我的头发长得很长，胡须也不刮。我吃最简单的饭食，只沉在那样的一种岁月里。我完全脱离了眼前这个时代，忘记了它，只回到自己的时光。我觉得连喝的水都是水手夫人为我倒的；我吃的糖果、米饭，都是那个代销点的姑娘为我偷来的。还有，我想着那个脸色苍白的小学教师，我们的山盟海誓。我在那时候遇到的许多古怪朋友：亲爱的朋友、无私忘我的朋友。我们之间所有的故事都被我从头滤过了一遍。在这样的时刻，我就摸黑写下了一些纸片，白天一看字迹重叠。它们大大小小，最后堆成了一大簸箩。这个簸箩是我白天搓烟叶、晒烟末用的，现在把那些烟末倒在一张大纸上，而改用它盛这些纸片。最后再也盛不下的时候，我就开始把它们拼贴在几张大报纸上，涂抹改写，最后又重新誊抄。

“那些零零散散的故事完整了，连成一片了，我才舒了一口气。最后我背上它们到闹市，去找那些朋友，让他们看。他们看了都大吃一惊，说这是怎样的怪物啊，土里土气又……它是一部土人笔记。

“我这时候一下瘫在地上。不是因为激动，而是因为我长期以来吃着最简陋的食物，又与世隔绝，身体的能量全部耗尽了。那天我被朋友送到医院，在那里住下了。

“从医院里出来的第二天，我一下想起了茅屋。那里有我的狗，有我的鸡鸭。我发疯一般跑去。心想：坏了，它们都该饿死了。就这样，我日夜兼程赶回了茅屋。一看：鸡剩下了几只，狗挣脱了链子——它肯定是在绝望的一刻挣脱。两只鹅都死了，猪也死了。这就是我犯下的大罪。

“我对不起它们。”

绝交书

歌手有一个短章，很短，不足万字，可是下笔犀利。它简直不是用墨写成的，而是用刀子刻成的。字里行间那些自责真是句句沉重、入木三分，我读时毛发都竖起来了。有好几次，我甚至认为这个短章就是写给我的。当然我知道不是这样。另几位朋友读了，也觉得这是写给他们的。这都是误解。

就带着这样的疑问，继续自己的采访。

他否认那些具体指认。他说这不过是一个人进入老年之后的心绪。他连连叹息：站在这片孤地上望去，前面是苍茫一片，找不到朋友，看不到故友。他们都离他而去了。不仅如此，这些人中的一部分现在正做着可怕的事情：尾随蛮强，伸出臭烘烘的舌头。这与当年上路时的约定正好相反。他们害怕贫困，向权贵摇尾乞怜。就因为这个，他一次又一次拒绝了他们，从不到他们那里去。

他离开了他们，也离开了人群，回到了一座茅屋。他觉得他们没有直接伤害自己，可有时又觉得正是他们操刀执矛，深深刺入了自己的心窝。

他视他们为晚辈、稚童，只有自己才是一个苍老的人。是的，他们永远都长不大。他们不仅是一些无知的孩子，而且还是一些可耻的后代。他们不敢有个立场，不敢说一句真话。就为了追求一点点私欲，变卖了一切。

就带着这种孤愤，他写出了一些绝交的文字。就是这样。他向他们告别。

他说：“我在一生的浪迹当中犯过各种各样的错误，可是我没有背叛。我心存怀念，深刻检讨；我有羞愧，同时我有正义；我不敢尾随、诬陷。我拥有这爱，回报这爱，尽我所能。

“眼看几个朋友在这个时节里做出了不齿之事。我留恋友谊，可是我无法认其为友。

“其中有一个极坏的家伙，竟然欺辱自己千里寻来的老母。欺侮母亲的人如同粪土。而我的一两个所谓‘朋友’，就为了一点私欲，竟奉粪土为楷模。

“当年物质匮乏，精肉难买，他们就从他那儿领取肉票。一个真正的人宁可一辈子吞咽粗糠，也不能去接受那张二指宽的纸条。这是个分流和归属的时代，时候到了。我觉得我的茅屋正在散发出一种光荣的气息。

“是的，我有这样的自豪感。我脚踏的这片土地尽管荒芜，却是坚实，它没有陷落。所以我可以从这里拉圆我的弓。我没有做错。我已经这么老了，还怕什么，有什么可患得患失！要说羞愧，我总觉得对不起边地，对不起流浪的岁月。

“现在我已没有别的选择。你听我半夜里吭吭咳嗽，人快不行了。我还有什么选择呢？我也许很快就要死了，死在谁也不知晓的地方。或许那一天，身边连一个为我捧土埋丘的人都没有……”

他说到这里声音低落。我很难过。

浪子泣血

如果我没有说错的话，那么这部厚厚的书稿是歌手最长、最庄重的一部著作。不仅是它的长度，而是他绘制的这幅画卷中所囊括的不同时代的众多人物、洇浸的心血，都可以称为面前这个人的一次长途跋涉。这当然是精神的跋涉。

关于它，我的朋友似乎不愿过多地谈论什么。我想它涉及了自身隐秘，比如说他的亲人。浓浓的煎茶喝过一杯又一杯，时针已划过午夜。我们将用沉默迎来黎明。

今夜星辰如此明亮，银河极为清晰：它果真在这个时刻绽着寒浪吗？我长久伏在窗前，倾听野外露水滴答之音。煎茶的炉火还在不停地响，特异的茶香充斥了整个茅屋。

我不知道歌手身边是否真有那种九死一生的英雄；还有，那个浪迹天涯的、让人入迷的骑士。既然得不到回答，我就不能过多询问。

后来，他用低沉柔软的声音讲起了一个人。慢慢地，我听出那是他的亲人了。是啊，一个人只有讲起自己的亲人，才会使用这种口气。讲完了一个，又讲另一个。他并不指明这些人与自己的关系。我明白，这只能来自先人在世时的回述。一首长歌，可以看成是歌手在完成先人嘱托。

这部书起码对于他是不可取代的。它占有极特殊的位置。它需要更长久的时间去生长。是的，如果是一部好书，总要随着时间的延续伸展枝干和叶芽，这几乎没有个例外。一部艺术品所跳动着的鲜活的灵魂，总是与它所遭逢的时代冲撞、交汇，从而滋生出崭新的东西。

他像害冷一样吸着烟斗，两手紧紧抱着肩膀。他说那些日子里，有好几次他觉得再也不能忍受了，不能忍受这种生活。而在任何时期，当一支笔在纸上挪动的时候，都是辛苦伴随幸福。唯有这一次，实在是一种煎熬。他没法沉浸到自己正讲述的这个故事里去。有好几次，他觉得即将被这个故事所散发出来的炽热和滚烫给耗干了汁水。他就要因为这个故事、为触犯人生的禁忌，而宿命般地死亡。

他一个人在茅屋里度过了冬天和夏天。一年四季浸在自己的血脉中。深夜，他就吸着这个烟斗，喝着这样的煎茶。有好几次他都觉得自己行将死亡。那时，将没有一个人知道浪迹天涯的歌手就倒在这片荒原上。他害怕留在荒原上的是半部书稿、残篇短章，是风雨吹打下的枯叶纸片。就因为害怕这个结局，他咬住了牙关，不停地工作，通宵达旦。那时他骨瘦如柴，比现在还要瘦得多。

他说到这儿，瞪了我一眼。我想不出这个人如果再瘦下去会是什么样子。他说当时他躺在床上，翻身时都能听到自己骨节相撞的声音，就像铁环、枯木和树枝。“那时候食物简单极了，为了不使食物变馊，我就烙了很多锅饼。锅饼，生葱，姜，咸豆子。就是这些东西打发一日三餐。有一天，我到最近的一个地方去买面条，路上遇到的第一个人就被我吓跑了。他看见了我破旧的衣衫、芜乱的头发，还有深陷在眼眶里的眼睛；我走路摇摇摆摆，随时都要跌倒的样子……就是这些把他给吓住了。他号叫一声，一头扎进了路旁的灌木丛。

“总之，那个时候没有一个人相信我还会活上一个星期。可是我挺过来了。这部书稿写得真苦。写完之后，我躺在炕上呻吟不停，大睡了几天几夜，几乎没有吃饭。醒来时捏几枚咸豆子吞下，喝几口水。不知多少天过去，我喘着，带着一身冷汗爬起，小心翼翼煮一锅粥，又吃了一点儿烂面条。一点一点恢复，觉得身上有一点力气的时候，就背上它，锁了茅屋，到最近的一个镇子找邮局去了。

“在那儿，我把书稿打好包裹。

“你看，就是这样。”

他搓着干燥的两手，全身抖得更厉害了。

我记起这首长歌中还夹杂一些互不连贯的怪歌。它是以歌手们惯有的节奏和热情唱出来的。可是它们更像一些隐语和谜语。我刚想就此问点什么，他却到隔壁翻找起来。

他抱出一个很大的像枕头模样的东西。我原以为里面装了很多麦草、谷糠之类。歌手提起来，像拿一个口袋那样甩动两下。带子扎起，他把带子解开，伸手从里面掏出一把一把的纸片。天哪，这些纸片写满了长长短短的句子。

我赶紧把它们捧起，拿到桅灯旁边。我明白了，它们有的就是在那部书稿中出现过的。

他说无论在任何时候，他都不能中止这样的歌唱。他把歌声记下、刻下，装入口袋，装得满满，再找一条口袋……而当他讲述故事时，无论正在讲一些什么故事，其中也仍旧要响彻这样的歌唱。它们总是相互环绕、依靠，就像一些藤蔓总要环绕着一棵大树的枝茎往上缠绕一样。我问他担心不担心那些议论，比如说他们提出的质询：为什么一边唱这些不成调子的歌，一边写出这么一个庄重的故事？

他瞪大了那双深陷在眼眶里的眼睛，好像在问：你忘了我是什么人？你忘记了我曾浪迹天涯？我除了歌唱还会做什么？难道你让我变成一个哑巴吗？

我垂下头，一口又一口喝着苦苦的煎茶。

逃亡者

一本薄薄的小书，字数不足十万。它写了一个孤儿，一个在悲惨年代里远走他乡的孤儿，去东北、踏南山，这样一个孤儿的故事。它写逃婚，写一个人为了心爱的女人，在寂寞凄凉的山野里度过的难忘岁月。那种特异的幸福让人垂泪，让人感激得泪花闪闪。

总觉得这是驼背诗人自己的故事。

可是他身边好像又没有那样一位姑娘。我总想证实什么：如果她不是虚构的，那么她现在的下落呢？

我这样问起，他一个劲儿摇头。他说这是在大山里遇到的一位朋友的故事。他原想为朋友写下一部传记，结果只写了这么一个片段。

驼背诗人遇到这个朋友的时候，正好是他们双双对对从一个海边平原上逃出来。姑娘叛离了自己的亲人，他则远离了岳父：一个当地头人。那是个罕见的凶神恶煞。两人当时住在山间一座最简陋的小草棚里，它尚不能遮风避雨，到处都是窟窿。这个双腿长长的小伙子用草和泥巴把小窝重新抹糊了一遍，就这样安顿下来。在这儿，他靠过人的聪明、热情和厚道，赢得了这个荒凉山村的信赖。他们接纳了他，让他在这儿藏身。奇怪的是在当年，非常严密的民兵组织也没有驱赶他们，没有盘问他们，两个外地人竟然在这儿过起了热汤热水的生活。

这些都在书中有过详细的描述。我最难忘记的是书中那个“小妻子”。

他说：“我从前给你讲过，我喜欢非常小巧的女人。她就是这样的姑娘：个子不高，圆圆乎乎的。可是她比我以前所遇到的那个姑娘要壮一点儿。她们俩比较起来，只有那双眼睛是一样的。不过朋友妻子的一双眼眉比我那位要浓一点。这使她看上去显得有力又拗气，更能够经受粗粝生活。谁能想得到，她有那样一个父亲，他是那个平原上的一个地头蛇，一跺脚整个村庄都要发颤。眼前却是多么温软的一个女子，多情，脸色红红的，特别是双唇，有点厚，往上翻着，好像随时都准备亲吻。她黑白分明的眼睛看着你，让你的双手不知放哪儿才好。

“说实话，我非常羡慕这位朋友，同时也非常钦佩他。我不知道他究竟用什么办法把她从那个魔鬼旁边抢走。当然他这一生注定了会是坎坎坷坷、躲躲藏藏的。只要那个魔鬼不死，他就不可能返回自己的家乡。

“可是即便这样，他也仍然还是不幸中的万幸。想想看，他这一跑就拥有了这么好的一个女人！我只一眼就看出来了，她会好好照顾他一辈子，让他越活越值得。在深夜，我们拉呱儿，一块儿嚼了半笸箩炒花生。这都是他那个可爱的女人为他弄的。她不吃，只坐在旁边看我们两个吃。小女人刚刚离开座位，朋友就愤愤地握着拳头对我讲：他这一生所要做的最重要的一件事，就是杀了那个岳父。但他有时又觉得很难做到这一点，因为这一来就会严重地伤害妻子。‘我到底怎么办呢？’他问我。我说我也不知道……朋友听到这儿站起来，在屋里来回踱步。

“我明白这是一种仇恨，不可化解。岳父也不行。人哪，只要有血性，就不可能违背自己的内心。可是他又那么爱他的妻子，要知道他要杀掉的就是妻子的父亲。这完全像一部传奇里的事儿，可又是真的，因为它就在眼前。我知道这可不是闹着玩的。我的眼睛和耳朵都没有骗我。

“我的这位朋友当年刚刚二十六七岁，长着一双粗胳膊，双腿像铁柱子一般，眼睛英气俊美，头发像马鬃，油亮闪光，在灯苗下跳动。他的额头四四方方，整个人都透着一股彪悍。我完全相信他有一天会完成复仇的计划。可是也正如他自己所说：也许这事儿一辈子都不能完成。

“那肯定是一个真正的恶魔。我相信，因为我自己也有那样的经历。我就不止一次遇到类似的恶魔，他们死有余辜。说起他们，不是‘仇恨’两个字就能概括心中那股恶怨的。可是魔鬼却生出了这么好的一个女儿，这也是实际情况。

“他告诉我，在这个恶魔和那几个猪狗不如的同伙手中，这些年断送了不止十个可爱的生命。因此他的复仇不仅是为自己，为自己的父母、兄弟姐妹，最重要的还有其他人。你看就是这种巨大的恨伴着对小妻子的巨大的爱，它们都同样真实。

“我们俩正讲着，她回来了。她那双热辣辣的、使所有人都会莫名羞愧的美目看看我，又看看男人。她给他加了一件衣服。

“就这样一连许多天，我夜晚都到他们家吃一点炒花生，喝一碗稀粥。他们的生活简单极了，白天无论做多么重的活，晚上都是这么随便的晚餐。我把自己找到的食物也携到这里来，因为我相信她的手会做得更香甜。有一段时间我们仨几乎成了一家人，过得非常之好。他们真心欢迎我，觉得我的命运与他们有些相似。我跟他们讲了许多自己的事，很容易就获得了共鸣。

“后来，一个大雨天，雷声隆隆的深夜，我的这位朋友突然出现了。他全身都被淋得透湿。我知道一准是出了什么事儿。果真不假。他说坏了，那个恶魔身边的狗腿子不知为什么来山里窜开了，发现了他的藏身之地。他必须在这个夜晚就逃走。我问他逃到哪里，他说没有别的办法了，只有远走高飞，到东北，到更远的、谁也不知道的深山老林里去……

“就这样，他走了。

“这些年出于想念，加上好奇、友谊、愤怒和感激，我非常不安地把他们的故事写了下来。

“它打动了一些人。不过更多的读者却不认为这是一个真实的故事，不认为真有这样的苦难。还有，他们都不信人世间真有这样可爱的姑娘和勇敢的男人——你呢？你相信我吗？你相信这个故事吗？”

我点点头：“不仅相信，而且还一度认为它是你自己的故事。”

他咳嗽着，又深吸一口烟斗：“不。我说过了，这是朋友的故事。”

“那个朋友现在在哪儿？”

“不知道。我到他们老家看过，那儿的人都说他们回来过，可是又走了，再也没有音讯。在这个动荡年头，他们到底能去哪儿？”

他抬头望着外面：“那条大河西岸就是他们的家乡。那是一个挺好的村庄，那个恶魔早死了。他患了胃癌。这时他们如果归来，会有一段很好的日月等着呢。他们现在大约都有五十多岁了，嗯，该是这把年纪。如果他们回来我就会知道，因为我常常到河西去走一走。不知为什么，我常常要到河西去走一走……”

流浪的荒原之草

我一直不明白的是，在他这把年纪，还会有那样忘情的、变声变调的痴唱。他有一首长歌，直看得我魂不守舍。慢慢沉浸，最后不能自已。我不敢说这是他最好的歌，但可以说这是最能打动我的一首歌。它拨动心弦，让人按捺不住。望着这位朋友的满脸皱纹、颀长的身躯、驼下的脊背，我不能不暗自感叹。

他说：人到了这把年纪往往都缄口不语了。其实呢，并非一定要停止歌唱。这把年纪的人只不过是多几声叹息罢了。叹息之声延长了，也就是一首歌。我不太明白。

“我一个人睡不着，就常常从头回顾一生：怎样离开故土，怎样在边地流浪，到东北，一次又一次的遭逢、各种友谊，特别是那些持续了一生的友谊……

“我怎么能够忘记？到了晚年，发现自己这一辈子欠别人的太多了，欠他们和她们的太多。这就到了偿还的时候。可是我又一无所有。我没有家室、没有儿女，也没有财产，两手空空，只有书几本。我拿什么去偿还呢？我得说，我只有拿出自己最珍贵的东西去偿还了。可是又有谁相信这是最珍贵的呢？我只有一颗心、一支笔，我用心写下的不是忏悔，而是呕心一哭。我愿意随着这歌唱往前，就这么去了吧！我知道已经到了最后时刻，我在用这首长歌做最后的偿还。我跟自己的心算账。我害怕一觉睡去不再醒来，那样就糟了，那就糊糊涂涂地结束了。那样一来我连最后报答的机会都没有了。我可不能像那些二百五歌手一样，一边写一边哭；我几乎没掉一滴眼泪。我的心很硬。我的心已经像我的手，磨出了老茧。

“不过你相信，我只有在这个时刻，才有真正的大欢欣和大悲苦。我这辈子啊，摔下过深崖，九死一生。我生还了，所以我又重温往日欢乐。我说过我怀念她们（他们），是她们给了我生命。

她们将我挽救。我像一个即将溺死的人，是她们把我搭救起来，拖到岸上，抹去了浑身的污泥，喂下水饭。她们给我换一身崭新的衣裳，让我像个人样儿再往前走。

“这是怎样了不起的母性之手啊！我想她们是我的爱人，有时又像我的母亲。因为只有母亲才会这样疼怜和体贴自己的孩子，才这样对待一个生命。我的这首长歌是自责、感激、不安，还有或多或少的困惑。困惑在于：我欠了她们那么多，她们为什么从不向我索还？她们是上帝专门派来的搭救者吗？那么我有什么功德？我算得上一个圣徒吗？上帝为什么如此地怜惜我？我只知道自己是个一文不名的孤儿，一个地地道道的流浪汉。我在大地上无望地来往，赤着双脚，秋末冬初的寒霜把脚皲裂，满地淌血。是我一如既往的痛苦跋涉感动了上苍吗？上苍又是什么模样？我从来没有和上苍打过交道。老天，让我感激谁去？

“就怀着这一类困惑，我写下了这首长歌。有人试图从这里寻到一些惯常歌手所使用过的字眼，没有。这里连美妙的句子都没有，它们尤其不够奇巧，只是蓬头垢面的一些痴唱。有些人不知道它产生的状态，所以就不会理解它。

“我写给自己的心灵，舍得花费。蹩脚歌手最后只能求助于此。我与另一些人不同，我不唱歌就会半死，就会因为亏心而枯萎。有人听了这话也许以为是虚张声势，言过其实，是可笑。随他们去好了。我的朋友，你相信这些话吗？”

夜色深重，我看不清他的眼睛。但我相信他的话。我知道，任何人都没有可能在这么长的失声失调的歌唱中隐下自己的灵魂。

这是我们相伴的第几个夜晚？我知道，我就为了这次长谈才来到这片荒原。我心里常常要把他当成一个圣徒，尽管他从来只认自己是个孤儿、流浪者、荒原之草。

固执的爱

长期以来我对他的一部分文字都感到不安。我不习惯于这种方式：如此赤裸，毫不掩饰，而且，时有难耐的急切。

我甚至有些不喜欢。

当然我也曾在这些文字面前被打动，甚至产生过类似羞愧的某种感觉，但最终还是有些不解和不安。

我不知道这个惯于自语的、只在偏僻一角注视世界的人，为什么会这样。也许这种做法别有意义，也许另有他意。可是这与他惯有的姿态和方式简直大相径庭。

他在旅途上陷入了一场又一场辩论。这究竟是福是祸还很难说。这是诗人的坎，是率性和直接，是尽意挥发和自然流畅，是倔强自如，是一贯的行色？

有时候有人与他同行。尽管最后这些人总要不约而同地离去。在热闹的城市和偏僻的乡镇，都有人困住驼背诗人，不让他走，不让他上路。有人甚至一边设法使其滞留，一边假惺惺地给他盘缠。他们想与之展开辩论，试图寻一些破绽。这样做的目的是为了把他的自制力耗垮，让他再不能上路。当然这是从坏的方面设想。从好的方面来讲，他们当中也不乏求知者，不乏拗气汉。他们想从他身上获得共鸣。

他用低沉的口气回忆和总结旅途上发生的一些口角，一些事情："我从来认为，人的一生只有两种事情是最值得的。一种是爱——好好地爱，爱你所爱，永不背叛；再就是倾诉——说真话，说出你对这个世界的真实看法。这其实也是一种互相诉说、互相安慰和互相启迪。没有这样的诉说，人的心灵之花就会枯败，面前的世界就会停滞。

"我觉得我一生都在做这两种事：好好地爱，好好地倾诉。我的话不是什么深奥的玄机，而是最普通的道理。可是这些普通的道理由于总是交还一点真实，所以也并非是可有可无的。"

灶火上的煎茶噜噜响，我往里加了一点冷水。这时候他突然蹲在了炕上。由于他的个子本来就高、就瘦，这次用力地往下弓着看我，模样像一只斗鸡。他用食指指着我说："当时我被很多人包围在那儿，没有办法；他们挡住了我，人太多了，嘈杂声把什么都盖住了，我就蹦在了一张桌子上。这样我就可以俯视。我不断地讲，把我一路看到的、想到的，一路上的所思所想都毫无保留地告诉了他们。我觉得无论这观点与他们有什么不同，或者是冒犯了他们，但有一点他们是不会误解的，这就是：我本是一片好意。我并不想说服他们，我只想告诉他们；而且我更渴望他们把一路上看到的也告诉我。可惜这样的人很少。我发现，很少有人像我一样，把自己的真心毫无保留地袒露给别人。他们只满足于待在暗处，想看个热闹，想找个什么机会，捡个什么便宜；总之，他们不算是一些善良的人。我的好多想法今天看来也许片面，也许不够准确，但我勇于袒露自己的真诚和勇气，这在今天仍然珍贵。我不愿改变这些。就像对待我的昨天一样，我尊重它们。如果我为此而发出叹息，那只能说明我已衰老，来日无多了；像有些老人一样，勇气减弱了。这可不是什么好事。你看我这两只手，疙疙瘩瘩，满是筋脉和老茧。这样一双颤抖的手还能抓住多少真理呢？可我又能因为这衰老、这手，就放弃了我的责任、我的关切、我对这个世界的一片好意吗？如果说我过去的那些爱没有错，那么以前我这两只年轻的手也没有错。人哪，需要勇气、真实，需要为正义一搏一呼的冲荡气。如果一个人年纪轻轻就学会了四面讨巧，这样的人一辈子也不会有出息。

“在夜晚，你没来的那些夜晚，我一个人就不断地重复这些想法。我想得头疼。我爱的人这会儿或在天边，或已远离了我，或已死去；而有一两个人至今还在为我疯迷。这就是我为人的罪过。在许多人眼里，我不是一个正常的人。所以她们才疯迷。但我能肯定，很少有人像我一样，能如此固执地爱，一爱到底。”

弟子三千

我问他：“有人传说你像当年的孔子一样，有‘弟子三千’；而且，在这个现代社会里，你还很不人道地用异端邪说把他们引到了一片玉米林，在那里进行着原始耕种，守一口土井，养几只奶羊，过着相当可怕和简陋的生活。你们日出而作，日落而息。有很多时候，弟子们围在一棵杏树下，听你言说。这实际上是布道。你在把他们领向一个遥远的邪路。”

他把桅灯挪近了，这使我看到了一副定定的眼神、青铜似的脸庞。这张脸啊，由于过分瘦小，肌肉绷紧，皮肤毫无光泽。只是深刻的皱纹那儿总是渗露着难言的隐秘。这张脸如此地吸引我，竟让我一时忘了要说什么。

他这样盯了一会儿，突然使劲瘪着嘴角，一只手抖着去摸茶碗。我把碗往前推了推。他端起茶碗却不愿喝一口，重新放下。他看着煎茶罐子冒出的白气，长叹一声。

他说那是一生里最幸福也是最寂寞的一个时期了。说到幸福，那是因为他一辈子很少获得这样的清静，与这么好的一些朋友待在一起。他说不是他把他们领到一个僻地，而是他投入到了他们中间。那时候他像一个打工者，每天做活、吃饭，几乎从不索取报酬。他只是和他们一块儿劳动。那是他们的土地，而他当时真是上无片瓦，下无立锥之地。

“那时候和现在还不同，我连一座茅屋也没有，连一个小院子也没有，没有自己的一棵树。当时的幸福就是无产者的幸福，无牵无挂，没有一个亲人，只有朋友。和朋友在一起畅所欲言，谈我这一生，我经历的事情，他们也谈自己的故事。他们有时把我的故事记下来。我不认为我比他们谈得更多。说到不幸，是因为我刚刚失去很多，由于一路的跋涉，死去了那么多的故友和挚爱；我不得不离开长期生活的那个城市；我心爱的人已经离开了，不是背叛，而是对我难以忍受。我觉得这是完全可以理解的，正像有时候我也难以忍受别人一样。幸好她没有为我生下一个孩子，如果这样，我该不知如何是好。

“那一天我把她送走了，我送她上路之后，回到那个空空荡荡的小窝，立刻觉得如此冷清。小屋里真空啊，一说话嗡嗡响。一种痛不欲生的情绪差一点把我毁掉。我在屋角寻到最后一袋方便面，就着冷水嚼完，同时一个念头也在心里生成：我得走了，我再也不回这座城市了。

“就这样我走开了。当年我五十三岁，够老的了。因为我和别人不同，我这五十三年走过的路太远，吞下的辛苦太多，所以看上去就像一个年近七十的人，头发稀疏，白了，秃了。我照了照镜子，发现右眼角那儿有一道深纹，简直像被刀子划过一样。真倒霉。有这样皱纹的人肯定是倒过大霉的。我背着一个小包裹四处奔走，又像当年在边地、我成家以前过的那种自由自在的生活了。

“当时和现在一样，已经允许打工，任何一个村庄都不会像过去那样，把来到的生人盘问来盘问去了。这样我就可以凭汗水获得自己的吃食。开始，我在一个果园里做活，后来那个果园的老板欺负一些女工，我打折了他的鼻梁就逃走了。

“我唯一后悔的是没有把那些女工也领走，我担心走开之后她们要继续受苦。我没有解救她们，大概只为她们惹下了更多麻烦。这就是我这个人一辈子做事不利索的方面。但我很痛快地逃跑了，跑到很远，跑到了一个好伙计开的农场里。我说他是个好伙计，是因为他老实、忠厚，凭力气吃饭。他对打工者从不另眼相看，和他们吃一样的食物、住一样的地方。现在这样的老板是多么少啊。就在那里，我找到了真正的家。而且，后来才知道，他那么爱好艺术，爱好思索和辩论。在他的身边，我常常出言无忌，一开口就走火。我大概说了很多不稳妥的话。还好，朋友们从不怪罪我……

“我这个人有一种癖，‘交流癖’。我愿意跟远处的人、那些认识和不认识的人交谈。这未必是一种坏习惯。我的话常常招来各种各样的赞许或谩骂，这些都在预料之内。至于说他们说我率‘弟子三千’长途跋涉，到了一个偏僻之地不毛之地，这都是非常可笑的，是无稽之谈。他们如果看看我这个衰老的样子，孤单的样子，就会原谅我。当然，他们的原谅我一点都不稀罕，它们对我屁用都没有。”

他说到这里停止了。我想起了什么，又问：“还有谣传，说你跟女弟子之间还有一手。你真有那样的女弟子吗？”

这回他哈哈大笑，把手指骨节掰响了：“我们打工者当中真有女的，有年轻姑娘，但更多的还是一些上年纪的女人，她们老得都和我差不多了。我们之间很要好。你知道，你现在总该知道，我是一个多情的人，所谓的‘情种’。可是很简单，当时我们可没有什么，就是说我们还没有产生出什么故事。因为我的女友刚刚从身边走开，我再也不愿寻找那样的懊恼了。我的心情已经凉下来，只有怀念的份儿，而没有再一次从头开始的愿望了。从那时到现在都一样，我没有心情再找一个老伴儿，更没有去找一位‘女弟子’。当然我有时心里很爱她们，只是这种爱已经和过去不同了。我不愿老成一个荒唐的老人，真的。”

古人的三位妻子

他曾将心比心地写过一位古人。

那个奇妙的人物离现在几千年了，可是他固执地想让他活下来。那个古人的神情、举止、语气，真的如在眼前。那是一次长长的迁徙，整个故事是一部史诗，是一部大传奇。我从来没有看到有人写过这个故事。他怎样将目光投向了这段历史，这在我看来有点奇怪。

这个“背叛”故国、告别故土的故事落在他的手中，即焕发出别一种色彩。我问他是否去过那个古人的流放之地？他斜着眼看了我一下。我明白了，“流放”这个词用得不确。

严格讲这不是流放。可是对于自己的故土而言，又是一次流放，自我流放。

这是一个背叛皇权、最终又不得不走向称帝之路的悲惨故事。一个充满智慧的古怪人物，来到一片蛮荒之地，重新开拓设计他的江河、山脉、宫殿、神阙，确是一个不大不小的难题。整个过程足以刺激读者的兴趣，而且它严格依据了正史，有的地方似乎也掺入了野史。那个古代人物的心灵与作者如此靠近，但又那么不同。我想如果让这位驼背诗人取代令他入迷的古代人物，他是否也会像那个人物一样，做出一番足够大的、惊天动地的事业？

那个古人有三任妻子。她们都是光彩夺目的形象，同时也是与主人公关系至为奇特的人物。一位是端庄高大的原配：他们真心相爱，都出身贵族。这种爱没有什么虚饰。他们应该有生离死别的情节。果然，后来的分离让人垂泪。那是真切动人的情感。对第一任妻子的怀念，在这部书中占有很重要的篇章。由于没有任何重聚的可能和希望，作为一个即将走向皇位的人，心绪该是何等复杂。他还需要新的女人。于是这个女人就出现了。与前一个不同，她长得非常纤细、小巧，而且是一个极为泼辣的、和他一起来到流放之地的女子。他比她年长四十多岁。在书中，她与他非同凡响的结合得到了特殊的镂刻。许多地方令人泪水潸潸。我觉得这需要一种人生经历。

我不由得想起了那些关于诗人的种种传闻……

我喝了一碗煎茶。在这静谧的边地夜晚，一切心理阻碍都被打碎，我敢于毫无顾忌地询问一切。我从他晚年的生活谈起，问他是否准备这样独身一人度过余生，是否准备寻找自己的爱情——为本来就曲折浪漫的生活接续一个相应的结尾？

他毫不犹豫地摇头。他说自己已没有那样的权利。“你既然看过那首忏悔的长歌，就应该明白我再也没有那样的念头了。非常有意思的是，这部写古代人物的书让一个少女看了——她就像书中写的那样，是一个泼辣而羞涩的少女；她把自己当成了当年那个孩子。她推崇那样的志趣，不远千里，背着一个花布包袱，历尽曲折找到了这个寒冷的地方。她很是直截了当。她的泼辣劲儿也完全够了。她说，她的一生都要献给老师。我当时看着她低下的头，注意到了她后脖颈上那发黄的、非常柔软的一层茸毛。她多像一个温驯的小羊。我说：‘孩子，你还是个孩子，你对我什么也不了解，你会厌恶我这把年纪的。’‘小羊’抬起头，眼睛红了，因为痛苦和难过而口吃：‘先生，我的老师，我什么也不需要知道，其实我什么都知道了。我把你的一切，让人厌恶和难堪的方面都想到了。我一点也不怕，所以我也就赶来了。每个人都有自己的一辈子，一辈子和一辈子比较起来都差不多，无论贫穷还是富贵。我是为自己的一辈子才来找你的，你不要赶我走开。’听听，这些话多像个过来人说的。我一辈子想起来都会吃惊。”

他说到这儿抬起了皮肤松弛的长颈，一下下搔着喉结，好像唯有那儿奇痒难受。他搔着，眯着眼，使劲皱着鼻子，咳嗽着。这使我看到了他那双鼻孔又大又难看。

“是的，我觉得那个女孩子真是有点鬼迷心窍，”他搔了一会儿说，“我告诉她一定会后悔的，她说她就为这‘后悔’而来，她热爱那种‘后悔’，她将和我一块儿把那种‘后悔’彻底埋葬。天哪！像做梦一样……”他叹息。

我在微弱的光线下又看到了顺着鼻子两侧流下的锃亮的两道长泪。

“多么傻的孩子。那时我由于痛惜、爱怜和一种说不出的答谢之情，伸手按在了她毛茸茸的颈部。我一下一下抚摸，感受小羊才有的温暖。我说：‘孩子，这是铁定不行的，你走吧，一定走。’就这样，我们还是分手了。结果许多年里我都不得不怀念她。就这样，我往前设想，设想我跟她在一起的那个夜晚。我把这个夜晚的怀念一寸一寸都写到了书中。”

我难以遏制自己的好奇，问：“那么他的第三任妻子呢？”

我之所以这样问，是因为那是一个更为奇特的女人：一个异族女子，她的年纪同样比主人公小四十多岁。而这时的主人公是一个马上就要称帝的人。像上一次一样，他的婚姻是不自主的，是为了社稷江山，为了与当地土人的结盟。新婚之夜，令人难忘的是那个异族少女面对衰老的新郎发出的第一声惊呼。她把他当成了一个“老小孩”，为他擦去鼻涕和口水。那是个让人同情的场面。这个年老的新郎，在几天内就要登基的皇帝，当他用颤抖的手抚摸自己的新娘时，连一声叹息都没有。他看到的是奇特的异族少女：满身竟覆盖着一层绒毛。这使他想起了故乡的桃子。

他在我的询问中苦笑，说完全没有类似的经历。那些场景到底来自哪里？只能说来自梦境。就在那时，一个晚上他做了一个梦，梦中身边躺卧着一个少女，浑身毛茸茸的。她使他想起了一种动物。他抚摸她，感觉着手底的滑润和温暖。这一夜他睡得非常香甜，醒来后还仍然能感到身边那股微微的暖香气。

这个梦境让他久久不忘。他要叙说那种特异的感受……

爱的寄托

作为一个有些古怪的、背离了世俗潮流的歌手，他自己独居僻地，有多少痛苦，我们不得而知。我不知为什么常常为他感到一点惋惜和难过。我甚至想该有人不断地给他一些安慰。凭我的感觉，他活在人世的时间不会太长了，三年？五年？我甚至有这样的预感：当我明天奔到他的茅屋时，屋子里一片漆黑，那盏桅灯再也没人点亮，叫人不应——我也丝毫不会惊讶。是的，在他这样的年纪，他需要的是安慰、欢乐，是晚年的那种满足感和成就感，而不是过多的阔论，不是引他谈出一些不愉快的经历。

可是在我们这些不眠的长夜，他却一次又一次地提到另一些情节。有一部书，我们的话题还从来没有触及；但我心里承认那是我最喜欢的书之一。我认为眼前的这位朋友如果没有这部书，就会大大地减弱魅力。我知道，有人曾恶狠狠地诅咒过这部书。可是让我感到惊讶的是，书中并没有什么令人难堪的事情，更多的倒是温柔和诚恳……这到底是为什么？是什么东西触怒了他们，使他们不能忍受和承受？

这完全是一个时代里不约而同的某种禁忌被触犯。他们不能承受，是因为他们心灵的质地不行。

一个时代里的人会有共同的禁忌吗？通过他们的共同反应，我终于明白会有的。同时也让我相信：一位真正的诗人只有在一生中触犯过几次这样的禁忌，才无愧于诗人的称号。

在这些夜晚，我的朋友可能由于连续的激动、彻夜的交谈而变得越来越疲惫了。他不得不长时间仰靠床上，用又小又薄的被子盖住下肢。那个小小的被子我总觉得可爱极了，它只搭到小腹那儿。就这样，他仍然在抽烟、喝茶、与我对话。当我说起心里的一些想法时，他幸福地笑了。他说那些责难对他来说太好了，这只能加重他的思念。“要知道，我是为思念才写的啊。”

我站起来，声音略大一点：“可是有人指出，你是因为激愤才写的。”

他鼻子哼了一声，把头扭到墙的那一边。他像自语，又像在小声咕哝：“是啊，激愤，不思念怎么能激愤？那些日子，我有多么想念，他们就不知道了。我特别想念，一颗心变得从来也没有这样软。我觉得只有一个老人才有这样柔软的心肠哩。可奇怪的是，许多人都把我当成了一个毛头小伙子，好斗、偏激、不问青红皂白。这终于使我明白了：在这个年头，有人与其说是不允许别人激愤，倒不如说是不允许别人思念。一个人可不能如此深情地缅怀和想念——如果谁这样做了，谁就会引起各种各样的说不清的嫉恨。是的，是嫉恨。因为他们守不住自己的爱，他们不曾获取那么美好的拥有，所以才要嫉恨。他们自己不曾这样怀念，也不允许别人这样怀念。

“只有这种思念、盼望和诉说，才能把内心深处的隐秘倾倒出来。这在平时都是藏得深深的。我有这个勇气，因为我活不了多久了。我是说照这样的活法，活不了多久了。如果我的肉体不是很快死去，那么另一个‘我’也会很快死去。既然这样，我为什么不好好地说一说应该说的话呢？我可不能让它们积在心里，那会把我压个半死。如果每个人都怀着再生的愿望和勇气去写作，那么我想，这个世界上骗人的文字就会去掉多半。”

他说到这里有些燥热地把被子翻开，跳下炕去。他把茅屋的门打开，蹲在门口。一股凉气涌进，我打了个寒战。他一动不动，像个石雕，烟斗握在手里，盯着外面。这时一阵虫鸣传过，他的头颅侧过去，用力捕捉细碎的虫鸣。

“就是这样的夜晚，一样的夜晚；就在这个小屋，这个灶前。你看地方没变，夜晚也没变，可是我却变了。我承认我现在写不出那样的文字了。嗯。”

我说：“你怀念的就是她吗？”

他转过脸：“谁？”

“书中的那个人。”

“那不是一个人，那是数个人，许多许多，讲不清哩……”

“你是个‘泛爱主义者’吗？”

“是的，泛爱，永远爱着许多人。如果你注意到，你就会发现我不仅在写女性，而且还写了男性。我把小伙子才有的勇敢和帅气，都赋予了她。你看，是这样，我是‘泛爱’的。我在她们身上寄托了许多，这让我的心思有了去处。我再也不至于无路可逃了。当一个无路可逃的人可真痛苦。有些人就希望我这样，在黑夜里团团转，无处可去、无路可逃，最后痛苦而死、焦躁而死。我没有，我给自己开了一线生路。我想这就是他们愤怒的原因。不是我愤怒了，而是有人愤怒了。他们不会理解我，他们不会理解：我的爱也包括了他们，也是他们的一部分。有人把我的文字当成了独身者的呓语，也许是的。我不知道现在做一个心灵和形式上的独身者有多么困难。没有人敢于做。他们总是一群一群的，挤在一起；至少也要两三个人待在一块儿，抵挡这夜色，这漫天蒙地的喧嚣。可是这样他们就变得强大了吗？他们内心里失去了依据，又用什么去抵挡恐惧呢？”

“可是有人说你不应该把自己独身的观念强加于人。”

“我强加了吗？”

“他们是指你的语气。”

“我的肯定的语气吗？谁能剥夺我的这种语气？我有采取一种语气的权利和自由。我如果对事物不能够肯定，如果永远只是用试探的、商榷的口气，那么我肯定就是一个骗子。我认为应该肯定、应该坚定的时刻，就要真实地使用一种语气。这有什么罪过？只有那些骗子才王顾左右而言他。当我有了这样的语气的时候，别人也可以用同样的语气或完全不同的语气来表达自己。我可以不同意他们的表达，但我不会把他们所选择的语气视为大逆不道。他们太狭隘太霸道了。他们连别人的语气也要限制，他们的规定太多，他们所谓的‘游戏规则’太多。是的，他们惯于‘游戏’，他们一辈子都在‘游戏’。当我表示不愿在‘游戏’中死亡的时候，他们就对我再也不客气了。”

他这样盯了一会儿夜色，说下去：“不瞒你讲，也就在那些日子里，我失去了几个最好的朋友。他们死得都很惨，都出乎我的预料。那时候我才觉得自己是真正孤单的，真的变成了一个人。我再听不到他们的声音，接不到他们一封信。我知道在活着的这个世界上，在天地之间，再也找不回他们了。失去了就是失去了，不可能再造。怎么办呢？不允许我激愤吗？不允许一个如此孤单的人去想念朋友吗？深深地想念和一般的想念区别有多大，你会看得出的。我的朋友都是一些好人，却为一些不值得的事情死去了。我觉得现在是最需要他们的时候，可是他们被这个世界拒绝了。只有我最熟悉他们，我觉得他们像我一样，心里的爱很多。他们常常把这爱分给周围的人，就这样为别人服务了一生、劳累了一生，最后却无声地倒下，连一点起码的公正也没有赚下。我觉得他们的形象可以凝聚为一个异性——因为只有一个美好的女性才能拿来概括他们。他们的目光凝聚到一起就变成了一个最美的女性——女性明亮的眼睛。他们的头发、他们的形体，一切都可以归纳为一个女性。

"我同时也回忆了这一生所爱过的所有女人，尽可能从她们身上寻找那些最不能忘怀的方面。她们的眼色、头发、身躯，特别是她们的性格。她们那种柔软的、同时又是刚毅的心肠，是这些使我一次又一次从死亡的边缘挣脱回来。她们给我饮食，把我衰弱的生命照料得强壮起来，能够重新行走。我一次又一次从乙地奔到甲地，那是我浪漫不息的驿站。能让我不感激吗？不怀念吗？既然如此，那么我就可以反问一句：究竟是什么、是谁使我们失去了这一切？这一问，就产生了所谓的'激愤'。是的，在那些夜晚，我真想变成一个恶鬼揪住那些骗子的头发，把他们埋葬在世界上最肮脏的地方。这没有什么不好，我反正快死了，我说过这时候的我不能不讲一点真话。"

他蹲在那儿讲这些的时候，连连咳嗽，还发出莫名其妙的咔嚓咔嚓的如树枝折断的声音。这种声音像从胸膛深处发出来的，让人害怕。有好几次我蹲到他的跟前，他又挥挥手把我赶开。我重新坐到煎茶的水罐前。噗噗冒出的白气让人心里非常高兴，给人安逸和幸福。

他长久地闭上眼睛：“我的好朋友，我们经过这几个夜晚的谈话，总算彼此了解了一点。我也许很快就能回到你的地方去，也许你再一次返回这个茅屋，就找不到我了。因为我知道这里也不是最后的落脚点。到底哪里才是，那得看看我的年纪再说。你看不到我，就可以翻翻我的书，有我的书陪伴着你。你如果觉得它们都是胡言乱语，那你就把它们扔到一边去吧，最好是扔到海里。我的书在海里被波浪拍打，这才使我高兴。作为一个歌手，我唱了一辈子，我的歌声被记下来，又装订成册页，这是有福了。可是它们真的保存在纸张中？不是的，它们只能保存在我的身躯内、我的心里。它们装订成一册一册，不过是为了让我和朋友抚摸起来方便。其实无论怎么样，它们存在就是存在，我离开了，也不过是把它们带到了另一个世界。我说过我这一辈子只好好地做过两件事：一是爱，一是倾诉。这两点对一个人来说，很重要……”

1988 年 4 月 10 日

后　记

这部散文集记叙了乡情与往昔，充满了所谓的“乡愁”。这个话题是说不尽的，它需要作家一生的抒写。我还是第一次就这个题目编一部书，在翻阅这些篇目时，往事与故地风情源源不断地涌到眼前。昨天就这样一页页翻过，时间就这样慢慢地流逝。世界在不停地变化，我们寄希望于这变化，想让生存的空间变得更好，却又常常生出遗憾：为失去的岁月而慨叹，为消亡的物事唱出挽歌。

人在回望来路的时候，会是比较冷静的，这样的机缘与时刻给他判断和鉴别的智慧。而我们通常却将大量的时间用来赶路，可以说马不停蹄，行色匆匆。我们为未来而歌唱，为前路而兴奋，为一片苍茫而激动，甚至完全忽略了当下与过去。其实许多时候未来就藏于往昔，当下由昨天蜿蜒而来。

记忆真的是宝藏，它是真理的母体，是创造的发源，是情感的矿床，也是力量的活泉。我们有多少东西都贮藏于记忆之中了，因为太多，害怕消失，才要用文字记录下来。西方有一位作家甚至认为：只有记得住的生活才算得上生活。这句话其实在说：记不住的日子也就等于白过了。

就为了真正地生活着、真实地生活着，我们才需要更多的记忆。

从如上的意义讲，我刚刚编好的这部关于乡情和往昔的小书，对自己是多么重要。它们是存在于记忆中的事物，因而它们才是真正的——生活。

2017年2月8日